Danger pour le duc

Barbara Cartland est une romancière anglaise
dont la réputation n'est plus à faire.

Ses romans variés et passionnants mêlent
avec bonheur aventures et amour.

Vous retrouverez tous les titres
disponibles dans le catalogue que
vous remettra gratuitement votre libraire.

Barbara Cartland

Danger pour le duc

traduit de l'anglais
par Marina DICK

Éditions J'ai lu

Ce roman a paru sous le titre original :

A DUKE IN DANGER

NOTE DE L'AUTEUR

Après la défaite de Napoléon à Waterloo en 1815, l'armée d'occupation anglaise rencontra, en France, de graves difficultés d'organisation. Assurer la nourriture de plus de 150 000 hommes de troupe paraissait tenir du miracle et bientôt, dans l'opinion publique française, l'enthousiasme initial fit place à des réactions de plus en plus hostiles.

En outre, les Français laissèrent entendre qu'ils ne paieraient pas leur dette de guerre, et Madame de Staël affirma qu'elle serait versée « en or la première année, en argent la seconde et en plomb la troisième ! »

L'occupation prit fin après le congrès d'Aix-la-Chapelle en novembre 1818. L'Angleterre traversait alors une grave crise économique et politique. Malgré le courage dont ils avaient fait preuve pendant la guerre, les soldats ne furent pas pour autant accueillis dans leur patrie comme des héros.

1818

1

C'est avec une joie profonde que le duc d'Harlington se retrouva dans la demeure familiale de Berkeley Square. La maison était toujours bien tenue et il ne put réprimer une certaine fierté en se dirigeant vers le grand escalier où étaient accrochés les tableaux de ses ancêtres. Parmi eux se trouvaient des œuvres de maîtres français rassemblés avec un goût certain par son prédécesseur. Quant à lui, qui débarquait tout juste de France, il avait appris à connaître les artistes de ce pays, ce dont il eût été bien incapable avant les guerres napoléoniennes. La paix revenue, il s'était surpris à s'intéresser à des choses qui, jusque-là, l'avaient laissé indifférent.

Sa démarche et son regard n'étaient certes plus les mêmes depuis qu'il avait connu la guerre, bien qu'il fût toujours l'homme grand et séduisant de naguère. Des femmes — fort nombreuses en vérité — avaient dit de lui qu'il donnait l'impression d'être quelqu'un d'extrêmement exigeant qu'un rien pouvait décevoir.

Il ne savait trop que penser de ces propos. Pour lui, l'essentiel était de juger les êtres d'après leur personnalité profonde et non pour leurs qualités apparentes.

C'était d'ailleurs grâce à sa grande compréhension humaine qu'il avait pu accéder à un grade élevé dans l'armée de Wellington. Il n'était pas seulement un meneur d'hommes ; on disait souvent de lui qu'il faisait preuve d'un véritable charisme qui ne se rencontre que chez les individus voués aux plus hautes destinées.

Ce compliment le faisait bien rire, mais en dépit de sa réelle modestie, il espérait que ce fût vrai.

Alors qu'il se dirigeait vers la bibliothèque du rez-de-chaussée, il passa devant la salle de séjour en songeant que peu d'hommes avaient eu sa chance.

Il venait de vivre cinq années trépidantes, entre le Portugal, l'Espagne, la France et enfin Waterloo, sans jamais défaillir, alors que nombre de ses amis avaient trouvé la mort à ses côtés.

Son étonnante habileté diplomatique plus encore que ses qualités de soldat l'avait rendu indispensable auprès de Wellington pendant toutes ces années. Celles-ci avaient été une sombre période d'anéantissement politique et économique, non seulement en Grande-Bretagne, mais aussi dans l'Europe tout entière.

En 1818, l'armée d'occupation anglaise avait enfin quitté le sol français, ce qui, après tant d'années difficiles, paraissait incroyable. Le duc avait d'ailleurs bien du mal à se faire à l'idée qu'il était aujourd'hui un homme libre. Certes le congrès d'Aix-la-Chapelle devait se tenir à la fin du mois d'octobre, mais d'ores et déjà, une chose était certaine : l'armée devrait quitter la France au plus tard le 30 novembre.

Dégagé à présent des hautes responsabilités qui lui avaient été confiées par Wellington, le duc d'Harlington devait désormais régler ses affaires personnelles.

Ainsi donc, il avait été agréablement surpris, en arrivant à Londres, de constater que la propriété familiale était demeurée en bon état. Il avait d'ailleurs pris soin d'envoyer en éclaireur l'un de ses aides de camp afin de prévenir les domestiques de son arrivée. Il entendait bien séjourner quelques jours chez lui et en profiter pour rendre visite au prince régent, peut-être même au roi, à Buckingham Palace, si celui-ci, bien sûr, y était disposé.

Après tant d'années passées à l'étranger, il éprouvait un sentiment indéfinissable, d'autant que sa situation sociale avait bien changé. Avant d'acquérir le titre de duc d'Harlington, Ivar Harling était l'un des plus jeunes colonels de l'armée anglaise. Un bon nombre de distractions étaient alors bien au-dessus de ses moyens. Aujourd'hui, il était non seulement un aristocrate fort distingué, respectueux des devoirs que lui imposait son rang, mais il se trouvait à la tête d'une immense fortune personnelle.

A Paris, il avait trouvé les lettres des banquiers de son prédécesseur qui lui rendaient compte des nombreux biens qu'il avait acquis ainsi que de la très grosse somme d'argent bloquée à son nom. Mais, faisant passer avant toute chose son devoir auprès de Wellington, il avait pour un temps fait abstraction de ses propres besoins.

Le duc venait de pénétrer dans sa bibliothèque dont les livres, reliés plein cuir, égayaient les rayonnages de couleurs chaudes. Ce ne fut pas sans une certaine émotion qu'il retrouva les chevaux peints par George Stubbs qui trônaient sur le manteau de la cheminée.

C'est alors que le maître d'hôtel, homme d'un certain âge, fit son apparition dans la pièce. Un valet le suivait, portant sur un plateau d'argent un seau à champagne aux armes de la famille.

Le valet en servit une coupe au duc. Celui-ci ne put s'empêcher de noter l'aspect négligé de sa livrée et ses bas qui tire-bouchonnaient. Il eut envie de le sommer de mettre de l'ordre dans ses vêtements mais remit ces questions à plus tard. Le valet déposa le plateau sur un guéridon. Le maître d'hôtel, quelque peu hésitant, s'approcha alors du duc. Constatant son embarras, celui-ci demanda :

— Que se passe-t-il, Bateson ? C'est bien ainsi que l'on vous appelle, n'est-ce pas ?

— C'est exact, Votre Grâce, répondit le maître d'hôtel qui, hésitant encore un instant, ajouta : J'espère que Votre Grâce sera satisfaite du personnel ainsi que du soin avec lequel celui-ci a entretenu la maison. Elle est restée fermée six ans et nous avons fait de notre mieux pour qu'il n'y paraisse pas.

— J'ai en effet trouvé une maison en très bon état, répondit le duc d'un air satisfait.

— Il y avait tant à faire, Votre Grâce, que j'ai dû prendre l'initiative d'employer quelques femmes de chambre supplémentaires.

— Il est vrai que feu le pauvre duc était très malade et ne venait plus à Londres. Dans ces conditions, je comprends que le personnel ait été réduit.

— A tel point qu'il n'est bientôt resté que ma femme et moi-même pour l'entretien.

— Deux personnes ne pouvaient certes pas suffire, approuva le duc.

— Je suis heureux que vous soyez de cet avis, Votre Grâce. Et si vous consentez à engager d'autres domestiques, je suis certain que tout rentrera dans l'ordre, comme au bon vieux temps.

— Je compte sur vous, déclara le duc, quelque peu agacé par les derniers mots du domestique.

En effet, dans les milieux diplomatiques et politiques, l'expression « bon vieux temps » avait pris un sens ironique. Le duc avait eu l'occasion de visiter plusieurs pays depuis la paix et, partout, sans exception, on ne cessait d'évoquer le « bon vieux temps » qui hélas ! ne reviendrait plus. Il pressentait que, plus d'une fois, il entendrait ses compatriotes se laisser aller à ce genre de nostalgie.

Un peu intimidé par le ton de son maître, Bateson proposa :

— Si Votre Grâce veut bien passer à table, le déjeuner est prêt.

Une fois seul, le duc s'étonna de ce que Bateson fût si soucieux de le satisfaire. Il se demanda quel âge il pouvait bien avoir.

Des images du passé lui revinrent alors et il se souvint que, lorsqu'il était enfant, son père l'avait fait venir dans cette même maison. A l'époque, Bateson était déjà maître d'hôtel. Il se rappela combien celui-ci l'avait impressionné lorsqu'il l'avait vu pour la toute première fois dans le grand hall, flanqué de ses valets de pied. Comme le temps passe ! se dit-il rêveusement. Le domestique devait avoir près de soixante ans, mais espérait bien travailler encore longtemps dans cette maison où il avait passé pratiquement toute sa vie. La démobilisation progressive de l'armée d'occupation, en renvoyant chaque mois dans leur foyer des milliers de soldats, avait aggravé le chômage en Angleterre et pour un homme d'un certain âge, mieux valait ne pas courir le risque de perdre son emploi.

Le duc d'Harlington se rappela le tollé qu'avait soulevé Wellington en réduisant les effectifs de trente mille hommes. Pour sa part, le jeune aristocrate n'avait pas de souci à se faire. Avec la fortune qu'il venait d'hériter, il ne comptait certainement pas se priver de son personnel. Il se promit même d'engager de nouveaux domestiques dans chacune de ses demeures.

Alors qu'il gagnait la salle à manger où l'attendait un excellent repas, il se jura d'aller prochainement explorer sa nouvelle propriété, le château d'Harling situé dans le Buckinghamshire.

Il avait du mal à croire que ce domaine lui appartînt réellement et s'étonnait encore d'avoir hérité le titre de duc d'Harlington, cinquième du nom. S'il avait toujours été très fier d'appartenir à une famille de vieille souche dont certains ancêtres avaient participé aux croisades, jamais il n'avait imaginé, même dans ses rêves les plus fous, qu'il pourrait un jour prétendre au titre de duc.

Il savait bien qu'il n'avait jamais occupé une place très importante dans la famille Harling.

Non seulement son propre père n'était qu'un simple cousin du duc défunt, mais trois héritiers directs auraient plus que lui mérité de prendre le titre si le sort n'en avait décidé autrement. En effet, la guerre avait décimé de nombreuses familles à travers l'Europe entière et parmi elles, celle du pauvre duc vieillissant qui avait perdu Richard, son fils unique, à Waterloo.

Ivar Harling avait eu l'occasion de rencontrer le jeune homme peu de temps avant la bataille et celui-ci lui avait semblé impatient d'en découdre.

— Si nous ne battons pas ces maudits Français cette fois-ci, je te parie un dîner au champagne que cette guerre traînera encore cinq ans !

Ivar Harling avait ri :

— Marché conclu, Richard ! Mais il vaudrait mieux que je perde le pari, ne serait-ce que pour la bonne cause !

— Tant pis pour le dîner au champagne ! Mais, plus sérieusement, Ivar, quelles sont, à ton avis, nos chances de nous en sortir ?

— Si la garde prussienne arrive à temps, nous n'avons rien à craindre.

Puis les deux hommes s'étaient tus quelques instants, prenant conscience de la gravité de la situation.

— Je te souhaite bonne chance, Richard, avait lancé Ivar alors qu'il remontait sur son cheval.

Il avait rejoint Wellington au moment précis où celui-ci donnait l'ordre à sa cavalerie de contre-attaquer.

— Quelle heure est-il ? avait demandé Wellington au colonel James Stanhope, son aide de camp.

— Quatre heures vingt, Votre Grâce.

— Si les Prussiens arrivent, nous avons gagné la guerre !

Il n'avait pas terminé sa phrase que les premiers tirs se faisaient entendre dans le lointain.

Le duc avait pris son repas dans le calme. Cette atmosphère sereine le changeait de l'ambiance de l'état-major installé à Paris où les hommes, toujours en haleine, passaient le plus clair de leur temps à distribuer des ordres ou recevoir des doléances. Il se remémorait également toutes les soirées dansantes auxquelles il avait dû assister ainsi que les conseils interminables qui n'aboutissaient jamais à rien de concret. Cependant, il avait aussi connu de bons moments ; maintenant que la guerre était terminée, il comptait bien en vivre beaucoup d'autres... et de meilleurs encore.

Toutes les médailles dont il avait été décoré pour ses actes de bravoure allaient lui faciliter la voie ; la gent féminine, il le savait, n'y était pas insensible... Déjà, certaines femmes mariées déployaient leur séduction et tentaient sans vergogne de l'attirer dans leur lit. Les héros étaient à la mode et lorsque ces dames n'arrivaient pas à leurs fins avec Wellington, elles se tournaient vers Harlington. Les jeunes filles ne se montraient pas moins empressées : le nouveau duc était désormais un excellent parti.

Lui-même n'était pas dupe. Les flatteries dont il était l'objet l'amusaient ; mais s'il comptait en profiter, il était bien résolu à ne pas se laisser prendre au piège de l'éternel féminin ! Aussi, lorsque son ami le major Gerald Chertson lui avait fait remarquer qu'il devrait songer à se marier dès son retour en Angleterre, le duc s'était étonné :

— Pourquoi diable voulez-vous que je m'encombre d'une épouse ?

— Un duc n'a pas le choix ; il doit assurer sa descendance. Et puis, c'est le seul moyen pour vous d'éviter que Jason Harling ne prenne votre place.

— Voulez-vous insinuer par là que Jason serait l'héritier présomptif de mon titre ?

— Assurément ! Il le clame d'ailleurs sur tous les toits.

— J'avoue que je n'y avais jamais pensé. Vous avez sans doute raison.

Il se souvenait en effet que Richard Harling n'avait pas été le seul membre de la famille à perdre la vie à Waterloo. Un autre cousin, neveu du duc défunt, était lui aussi tombé au champ d'honneur. La nouvelle n'avait d'ailleurs été connue que trois jours plus tard. Quand le duc, quatrième du nom, eut disparu en 1817, le titre aurait dû revenir à son père. Mais celui-ci étant décédé, Ivar en avait hérité.

Brusquement, il se rappela cette branche éloignée de la famille que représentait Jason Harling. Le duc avait terriblement honte de ce parent et, malgré tous les ennuis qu'il avait pu avoir dans sa vie, il avait toujours préféré se débrouiller seul sans jamais faire appel à son cousin. Les deux hommes avaient toutefois eu l'occasion de se rencontrer à Paris après la guerre.

Jason, qui avait été un enfant fort désagréable, était devenu pire encore à l'âge adulte. Il n'avait pour ainsi dire rien vu de la guerre car il était devenu très vite aide de camp d'un vieux général en chambre qui n'avait quitté l'Angleterre qu'au lendemain de Waterloo.

La manière avec laquelle il manœuvrait auprès des hommes de pouvoir en aurait rebuté plus d'un. Il évoluait dans les meilleurs cercles, cherchant toujours à tirer profit de toutes les situations. Ainsi s'était-il assuré une vie confortable.

Le duc avait eu vent de rumeurs selon lesquelles son cousin allait jusqu'à se compromettre dans les situations les plus sordides, afin de parvenir à ses fins. Cependant, par souci de discrétion, il avait préféré faire la sourde oreille. Mais dorénavant, il ne pouvait se permettre d'ignorer Jason qui était susceptible de devenir son héritier si, bien sûr, lui-même n'avait pas de fils. D'ailleurs, le duc n'avait-il pas déclaré à Gerald :

— Si je devais consentir un jour à me marier, ce serait uniquement dans le but de décourager Jason de prendre ma place.

— J'ai pourtant entendu dire qu'il avait emprunté de l'argent dans l'espoir de racheter un jour votre titre.

— Que dites-vous ? s'était exclamé le duc. Mais c'est impossible ! Quel est le fou qui s'engagerait à avancer de l'argent à Jason dans la certitude que je n'aurai jamais d'héritier ?

— Il y a toujours des usuriers qui acceptent de prendre des risques, moyennant des taux exorbitants.

— Usurier ou pas, il faudrait être inconscient, avait rétorqué nerveusement le duc.

Puis il s'était interrompu pour reprendre aussitôt :

— Je prouverai que je suis capable de fonder une famille, et une grande ! Mais rien ne presse.

— Bien sûr, si Dieu vous prête vie...

16

— Que sous-entendez-vous ?

— Eh bien, j'ai ouï-dire que, après la mort de Richard, Jason avait fait le pari que vous-même ne sortiriez pas vivant de cette guerre.

— Il a donc perdu son pari, avait dit tout simplement le duc.

— Oui, bien sûr, vous avez échappé aux balles des Français, mais... un accident est toujours possible...

A ces mots, le visage du duc s'était assombri.

— Et voilà qu'à présent vous cherchez à m'effrayer ! Jason n'est tout de même pas véreux au point de tremper dans un meurtre.

— Il est peu vraisemblable qu'il commette lui-même un meurtre, avait répondu Gerald avec une pointe d'ironie contenue. Mais n'oubliez pas qu'on a tenté d'assassiner Wellington en février dernier.

— C'est exact, mais André Cantillon, l'auteur de l'attentat manqué, agissait sous l'impulsion d'un fanatisme exacerbé. Sa passion pour Napoléon lui avait tourné la tête.

— Oui, bien sûr, je sais tout cela, mais sans vouloir vous effrayer outre mesure, j'ai bien peur que Jason Harling ne soit prêt à agir avec la même passion aveugle, pour son propre intérêt.

— Eh bien, moi, je refuse d'envisager une éventualité aussi absurde, avait conclu fièrement le duc.

Alors qu'il retournait vers sa bibliothèque, une évidence lui traversa l'esprit : Jason ne pouvait que lui envier cette vie dorée.

« Il vaudrait mieux que je me marie vite », se dit-il sans y mettre beaucoup de conviction. C'est alors qu'il pensa à la belle lady Isobel Dalton. Le duc l'avait rencontrée lors de son séjour à Paris. Lorsqu'il avait dû regagner l'Angleterre, Isobel lui avait fait promettre de se souvenir d'elle et elle avait insisté pour que tous deux se revoient le plus vite possible à Londres.

Fille de duc et veuve d'un très vieux baronnet qui avait succombé à une crise cardiaque — due, sans aucun doute, à de nombreux excès de table — Isobel avait conservé un caractère très gai. Elle venait de consacrer les dernières années de la guerre à courir l'Europe afin de réchauffer le cœur et le courage des soldats britanniques. Elle n'était pas seule à s'être investie d'une telle mission, et toutes les femmes qui étaient dans ce cas faisaient sensation lors des réunions mondaines. C'est d'ailleurs au cours de l'une de ces soirées que le duc avait fait la connaissance d'Isobel. Dès les premières minutes de leur rencontre, celle-ci n'avait pas hésité à lui sauter au cou pour l'embrasser avec fougue.

Il eût été bien difficile de résister au charme brûlant de la belle veuve qui ne cessait de lui murmurer à l'oreille qu'il était l'homme le plus extraordinaire du monde.

— Je vous aime, je vous veux pour moi seule, répétait-elle souvent avant d'ajouter : je vous ai aimé dès les premières secondes de notre rencontre. Je sais que vous ferez un duc formidable et je ne vous en aime que davantage, disait-elle en se serrant ardemment contre le duc.

A Paris, la veille du départ d'Harlington pour Londres, ils avaient dîné ensemble et s'étaient attardés. Isobel en avait profité pour lui dire :

— Dès que vous aurez réglé vos affaires personnelles, je viendrai vous rejoindre. Vous verrez, nous organiserons des soirées somptueuses qui seront fréquentées par le Tout-Londres.

Puis, de sa voix câline, elle avait ajouté :

— Le prince régent vieillit et la noblesse a besoin d'un nouveau chef de file. Qui d'autre que vous pourrait assumer de telles fonctions ? Vous êtes élégant, séduisant, courageux et déterminé.

Isobel avait marqué une pause, attendant que le duc, à son tour, lui fasse quelques compliments. Celui-ci avait l'impression très désagréable d'être manipulé, poussé vers le mariage contre son gré. Il se doutait bien que, du côté des Harling, une telle union serait très bien accueillie.

Le duc était certes extrêmement sensible au charme peu commun de la belle veuve. Cependant, il pressentait qu'elle ne serait pas celle auprès de qui il passerait sa vie.

Dans l'armée, les hommes avaient l'habitude de dire que les femmes devaient se contenter de leur donner du plaisir. Mieux valait s'éloigner d'elles lorsqu'elles cherchaient à accaparer un homme destiné à vivre, se battre et mourir pour son pays.

Lady Isobel était très différente des jeunes et jolies Portugaises qui apportaient leurs bons soins aux soldats épuisés, lors des campagnes ibériques. De même, elle n'avait rien à voir avec ces cocottes françaises qui, par leur babillage, étaient capables de distraire n'importe quel homme écrasé de soucis, avant de lui dérober subrepticement son argent. Ainsi donc, c'était une chose que de vouloir fuir ses préoccupations d'homme en la compagnie de femmes frivoles, mais c'était une autre affaire que de choisir la compagne de toute une vie.

Le duc avait dû retourner en France. Au cours de la traversée, comme le bateau se trouvait pris dans une formidable tempête, le jeune homme avait eu le loisir d'examiner ses difficultés du moment. Tantôt il songeait aux biens matériels qu'il venait d'acquérir, tantôt il pensait à la charmante Isobel qui, de toute évidence, brûlait d'amour pour lui. Combien de fois ne lui avait-elle pas répété :

— Ivar, laissez-moi demeurer à vos côtés. Je sais que sans moi vous seriez perdu... Quant à moi, je ne peux imaginer de vivre loin de vous.

Mais le duc, chaque fois, préférait poser ses lèvres sur celles de la jeune femme plutôt que d'avoir à commenter de si doux propos.

Avant de quitter Paris pour Londres, la belle avait pris soin de fermer définitivement sa maison. Le duc en avait été informé et avait compris qu'on voulait ainsi lui forcer la main, ce en quoi il ne se trompait pas. Isobel était bien déterminée à devenir duchesse d'Harlington.

Toutes ces pensées l'avaient agacé. Il se dirigea vers la cheminée et tira nerveusement le cordon de sonnette.

Quelques secondes plus tard, Bateson, hors d'haleine, fit son apparition.

— J'ai changé d'avis, dit le duc. J'ai décidé de faire une visite au château aujourd'hui même. Il doit y avoir deux heures de route tout au plus pour se rendre là-bas.

Bateson regarda son maître avec consternation.

— Votre Grâce a-t-elle prévenu lady Alvina de son intention ?

— Je ne compte pas séjourner au château, Bateson. Je ferai juste un aller et retour.

— Il serait tout de même plus prudent que Votre Grâce prévienne de son arrivée.

A ce conseil, le duc ne put s'empêcher de sourire.

— Ne vous en faites pas, Bateson. Après l'excellent repas que je viens de faire — vous féliciterez d'ailleurs de ma part le cuisinier —, je doute d'avoir faim ce soir. Il n'y a donc pas lieu de prévenir qui que ce soit. Faites donc préparer mon phaéton et mes nouveaux chevaux.

Ces chevaux, le duc les avait acquis par l'intermédiaire de son ami Gerald. A sa demande, celui-ci avait cherché, et trouvé, des bêtes magnifiques qui avaient été amenées à Berkeley Square pour y attendre l'arrivée du duc. Harlington savait qu'il ne serait pas déçu du choix de son ami. Tous deux en effet partageaient les mêmes goûts et vouaient une passion commune aux sports équestres.

Vingt minutes plus tard, l'attelage était prêt. Il avait fière allure : le duc était ravi. A la vue des quatre chevaux alezans il fut convaincu que la distance qui le séparait du château serait avalée en un temps record. Un valet d'écurie qui avait été recruté pour ce nouvel attelage attendait debout, les rênes à la main. Harlington lui demanda de sangler sa malle à l'arrière de la voiture, ce qui fut fait aussitôt. Se tournant vers Bateson, il annonça :

— J'ai donné à mon valet son après-midi et sa matinée de demain. Il pourra faire une petite visite à ses parents, à Londres. Je suis certain qu'il y aura, au château, un domestique à ma disposition.

— Je l'espère pour vous, Votre Grâce, mais si

je puis me permettre, il serait plus sage d'emmener votre propre valet avec vous, insista le maître d'hôtel.

— Cessez de vous tourmenter pour moi de la sorte, Bateson ! Je ne suis plus le petit garçon que vous avez connu autrefois. Je sais que ce château a toujours offert le meilleur accueil. Il n'y a aucune raison pour que cela ait changé.

Le duc bondit dans le phaéton, quelque peu agacé. Mais un sentiment de bonheur intense le submergea bientôt à l'idée de voyager avec des bêtes aussi splendides. L'attelage était si léger qu'il s'imagina un instant sur un char ailé.

Alors qu'il s'éloignait de Berkeley Square, le duc se retourna afin de saluer Bateson. Il ne vit pas que son maître d'hôtel avait changé d'expression...

Une fois que l'attelage eut disparu, le domestique se précipita dans la maison et ordonna aux valets d'enrouler le tapis rouge qu'ils avaient sorti en l'honneur du duc. Puis il alla rejoindre sa femme qui faisait la vaisselle dans la vaste cuisine.

— Il est parti ? interrogea-t-elle.

Bateson opina de la tête puis déplora :

— Il n'a pas prévenu lady Alvina de son arrivée !

En déposant la lourde casserole de cuivre qu'elle venait de briquer, son épouse s'écria :

— Il fallait s'y attendre !

— Oui, je sais. Mais nous ne pouvions pas prévoir qu'il éprouverait si vite le besoin de se rendre au château. Tu penses bien, sinon, que j'aurais prévenu lady Alvina.

— Au point où nous en sommes, nous ne pou-

vons plus rien faire, répondit-elle en soupirant.
Je suppose que tu ne lui as rien dit.

— Bien sûr que non, ce n'était pas mon rôle.

— Il va être terriblement surpris, alors.

A peine l'épouse de Bateson avait-elle terminé
sa phrase que la sonnette de l'entrée retentit.

— Tiens ? Qui ce peut-il être ?

— J'y vais, grommela Bateson en traînant le
pas.

En ouvrant la porte d'entrée, il fut surpris de
voir le phaéton du duc arrêté devant le perron.

— Que se passe-t-il ? demanda-t-il au cocher
qui venait à l'instant de sonner.

— Monsieur le duc a oublié des papiers
importants dans sa bibliothèque.

A ces mots, Bateson sourit. Son maître n'était
donc pas aussi infaillible qu'il semblait le prétendre.

— Suivez-moi, dit-il au cocher.

Le duc était demeuré dans la cour, près du
phaéton, l'air extrêmement contrarié. Comment
avait-il pu oublier l'inventaire des biens du château que ses banquiers lui avaient remis ? Cet
oubli était sans aucun doute à mettre sur le compte
de tous ces changements dans sa vie ces derniers temps. Heureusement qu'il s'était aperçu
assez tôt en chemin de cet oubli malencontreux.

Plongé dans ses pensées, le duc fut sorti de sa
torpeur par une voix inconnue qui s'adressait à
lui. Un homme aux cheveux blancs et au visage
sinistre le regardait étrangement. Il s'approcha
et demanda :

— Sans doute êtes-vous le nouveau duc
d'Harlington ?

— C'est exact.

— J'aurais voulu vous parler, Votre Grâce.

— J'ai bien peur de n'avoir pas de temps à vous consacrer. Je suis sur le point de partir. Revenez dans quelques jours.

— Je dois absolument vous voir maintenant, insista l'inconnu.

— C'est à quel sujet ? demanda alors le duc qui, ne quittant pas la maison des yeux, espérait que son cocher ne tarderait pas et qu'il pourrait reprendre la route tout aussitôt.

Après avoir manifesté quelque hésitation, l'homme finit par se confier :

— Voilà, Votre Grâce, j'aimerais vous parler de certains trésors de famille. J'en ai apporté un qui, je crois, va vous intéresser.

— Je vous remercie, mais je n'ai pas l'intention d'acheter quoi que ce soit pour l'instant.

— Il ne s'agit pas d'acheter, Votre Grâce, mais de racheter.

Tout en parlant, l'homme avait ouvert son grand sac noir et en avait tiré une fort belle coupe d'argent. Le duc y jeta un coup d'œil indifférent mais les armoiries qui étaient gravées sur l'objet retinrent soudain son attention.

La coupe était délicatement travaillée. Elle était probablement l'œuvre de Thomas Germain, orfèvre officiel de Louis XV. La vue de cet objet d'art le ramena instantanément au château. Il se souvenait en effet avoir vu là-bas, lors d'un dîner, une coupe similaire encadrée de deux candélabres tout aussi ouvragés. En même temps il se rappelait que son père lui avait souvent dit que les Harling étaient l'unique famille à posséder une collection aussi précieuse.

— Où avez-vous pris cela ? demanda-t-il durement avant d'ajouter : Si vous l'avez volée, cette coupe ne vous appartient d'aucune façon !

— N'en soyez pas si sûr, Votre Grâce. Mais laissez-moi plutôt vous expliquer.

— Expliquez-vous, mais tâchez d'être convaincant ou je vous traîne devant les tribunaux.

L'homme ne parut pas impressionné. A ce moment, le cocher fit son apparition, muni des documents que le duc s'empressa de faire disparaître dans la poche de son manteau.

— Surveillez les chevaux, ordonna-t-il à son domestique. J'ai un détail à régler avant de reprendre la route.

Le duc entra dans la demeure et se dirigea vers la bibliothèque en invitant l'inconnu à le suivre. Parvenus tous deux dans la grande pièce, ils s'y enfermèrent.

— Montrez-moi encore cette coupe, voulez-vous, et dites-moi quel est votre nom.

— Je m'appelle Emmanuel Pinchbeck, Votre Grâce, et je suis usurier.

— Usurier ? s'exclama le duc qui n'en croyait pas ses oreilles. Voulez-vous dire que cet objet est en gage chez vous ?

— Oui, Votre Grâce, ainsi d'ailleurs qu'un certain nombre d'autres choses.

Cette coupe était une pièce unique, d'une rare beauté, et le duc n'en avait jamais vu qu'une semblable, au château.

— Vous feriez mieux de commencer par le commencement, fit-il sèchement. Comment vous êtes-vous procuré cet objet ? Qui vous l'a apporté ?

Emmanuel Pinchbeck ne répondit rien, se contentant de sortir de sa poche une note qu'il tendit aussitôt au duc. Sur le papier froissé, voici ce que l'on pouvait lire :

Moi, Emmanuel Pinchbeck, agissant en qualité de prêteur, reconnais avoir prêté la somme de 30 £ en échange d'une coupe en argent datant de la fin du XVIIᵉ siècle, coupe que je conserverai jusqu'à remboursement du prêt, à raison d'un taux d'intérêt annuel de 30 %, par le propriétaire qui accepte les termes du présent contrat.

La note était signée *Alvina Harling*.

Le duc qui n'en croyait pas ses yeux ne put s'empêcher de dire, hors de lui :

— Avez-vous encore beaucoup d'objets en votre possession ?

— Oui, Votre Grâce. Je possède encore six petits tableaux, plusieurs miniatures, quatre autres coupes d'argent, une tabatière sertie d'émeraudes et de diamants, deux candélabres en or d'une valeur bien supérieure à la somme pour laquelle ils ont été gagés.

Le duc qui avait écouté avec beaucoup d'attention finit par dire :

— Mais pourquoi êtes-vous venu vers moi ?

— C'est vous qui avez hérité le titre de duc. J'ai donc pensé que vous souhaiteriez racheter ces biens.

Harlington restait silencieux et l'usurier poursuivit :

— Pour être franc, Votre Grâce, j'ai besoin d'argent, et le contrat ne me convient plus.

— Et pourquoi donc ? interrogea le duc.

— Je prête à un taux d'intérêt nettement inférieur à celui que pratiquent mes confrères. Et pour tirer un bon prix de ces pièces, il me faudrait les céder au poids. Voyez-vous, le cours des métaux précieux a augmenté alors que le marché des objets d'art est resté stagnant.

— Voulez-vous dire que tous ces joyaux auraient davantage de valeur une fois fondus ? demanda Harlington qui parut horrifié.

Emmanuel Pinchbeck acquiesça tout bonnement et poursuivit :

— Que Votre Grâce me comprenne. Les temps sont durs et je ne peux me permettre de garder indéfiniment ces objets.

— Depuis combien de temps les avez-vous en votre possession ?

— Bientôt trois ans !... Et je n'ai toujours pas été remboursé. Cette situation ne peut plus durer.

Le pauvre homme paraissait sincère ; la sueur qui perlait sur son front témoignait d'une émotion bien réelle. Et puis le duc savait qu'un taux d'intérêt de trente pour cent était en effet bien faible en ces temps difficiles. Comme, au fond, il était équitable, il finit par dire :

— Je vois que vous avez fait preuve d'une grande honnêteté en ne vendant pas ces objets. Par conséquent, je vais tous vous les racheter.

L'usurier, soudainement soulagé, ne put que bredouiller :

— Je ne sais comment vous remercier, Votre Grâce. Je pensais bien qu'un homme aussi courageux à la guerre ne pouvait se montrer injuste dans la vie. Vous voyez, je n'ai même pas craint de venir vous trouver chez vous.

— Vous avez très bien fait, mon ami. Tenez, dans un premier temps, je vais vous donner la somme que je vous dois pour cette coupe. Je pense être de retour à Londres au plus tard après-demain. Je vous suggère donc de revenir me voir avec le reste de votre précieuse collection.

— Vous pouvez compter sur moi, Votre Grâce.

— A présent, dites-moi combien vous voulez pour cette coupe.

L'homme le regarda du coin de l'œil et dit simplement :

— Je l'ai depuis exactement deux ans et deux mois, Votre Grâce...

Puis il se tut, laissant au duc le soin de faire le calcul de ce qu'il lui devait. Celui-ci eut tôt fait de lui remettre une grosse liasse de billets qui disparut aussitôt dans la poche de l'usurier.

— Merci mille fois, Votre Grâce. C'est un immense soulagement que vous me procurez là.

— Revoyons-nous donc dans deux ou trois jours, proposa le duc. Mais peut-être serait-il plus sage d'envoyer quelqu'un afin de vous assurer de mon retour. Je ne veux pas que vous vous dérangiez inutilement avec tous ces objets de valeur.

— En effet, ce serait plus prudent.

Le duc quitta alors la pièce, suivi du vieil homme. Dans le hall ils croisèrent Bateson.

— Vous trouverez une coupe d'argent sur mon bureau. Tâchez d'en prendre le plus grand soin jusqu'à mon retour, lâcha le duc d'un ton glacial.

Bateson redoutait la dureté que venait de prendre le visage de son maître. Il voulut parler mais n'en eut pas le temps. Le duc venait en effet de sortir et de s'installer à l'avant du phaéton, les rênes à la main.

L'attelage s'éloigna aussitôt. Alors que la voiture disparaissait au loin, Bateson s'approcha d'Emmanuel Pinchbeck et lui lança à la face :

— Pourquoi diable êtes-vous venu jusqu'ici ?

Un être comme vous ne peut que faire le mal partout où il passe !

— Mais je suis venu récupérer mon argent, répondit le vieil homme sur un ton de défi, et vous n'avez absolument pas le droit de me parler de cette manière ! J'ai tenu parole : je n'ai rien vendu jusqu'à aujourd'hui.

— Fichez-moi le camp ! s'écria furieusement Bateson. Vous auriez tout de même pu attendre encore un peu. Mais vous, les usuriers, vous êtes tous les mêmes. Vous prenez, vous prenez, vous prenez !

— Vous êtes injuste... tenta de protester Emmanuel Pinchbeck.

Mais Bateson avait tourné les talons et il claqua la lourde porte de la maison, ne laissant pas au pauvre homme le loisir de s'expliquer. Celui-ci, avant de s'éloigner, jeta un dernier coup d'œil sur la liasse de billets que le duc venait de lui donner.

2

Alors que le duc sortait de Londres pour gagner la campagne, une bouffée de colère s'empara de lui. Il pensait à son prédécesseur qui était très riche. A sa mort, sa fille avait dû hériter une immense fortune.

Quel besoin avait donc poussé sa cousine Alvina à traiter avec ce prêteur ? Pourquoi ce soudain appétit d'argent ?

Le duc était convaincu qu'une histoire de cœur se cachait là-dessous. Peut-être un homme à entretenir en cachette de son père...

« Quelle piètre opinion ai-je des femmes ! » nota-t-il avec ironie. En effet, selon lui, peu d'entre elles avaient le sens de l'honneur. Combien n'hésitaient pas à prendre un amant le temps d'une nuit ! D'ailleurs, le duc savait fort bien qu'il n'était pas le premier à avoir obtenu les faveurs de lady Isobel. La jeune femme avait très certainement été infidèle à son époux. Et après le décès du pauvre homme, la jolie veuve s'était sans aucun doute offert un grand nombre d'aventures.

Pour sa part, le duc souhaitait rencontrer une femme qui fût différente. Mais était-ce possible ?

Toutefois l'idée de se marier ne l'avait pas encore préoccupé outre mesure : ses obligations militaires ne lui avaient pas procuré jusque-là une situation suffisamment stable.

Sa nouvelle position sociale l'obligeait maintenant à y songer. Sa future épouse devrait certes le séduire, mais plus encore être digne de porter le titre si convoité de duchesse d'Harlington. Et puis, le mariage lui apporterait bien des avantages, en particulier celui de fonder une famille et d'être par là même aussi respecté que peut l'être le chef d'un clan écossais.

Ces chefs avaient eu droit de vie ou de mort sur les membres de leur clan jusqu'au jour où l'on modifia les textes de loi, mettant ainsi fin à des siècles de pouvoirs souvent abusifs.

Les ducs d'Angleterre n'avaient certes jamais eu cette toute-puissance même si, dans leur fief, leur parole faisait force de loi, à l'instar des plus grands rois.

« C'est exactement la même chose que de commander une armée », pensa le duc qui se souvenait combien Wellington avait été admiré et aimé des hommes qu'il avait eus sous son commandement.

Au cours de sa vie militaire, le jeune duc avait connu beaucoup d'hommes qui seraient allés jusqu'à se faire tuer dans l'unique but de ne pas décevoir leur commandant. Lui-même avait été fier de ses soldats. A plusieurs reprises, il avait été félicité pour la discipline dont avaient fait preuve ses troupes ainsi que pour la tenue de ses défilés. Cela n'avait pas été le cas pour tous les autres régiments.

La discipline était une valeur à laquelle

l'armée d'occupation attachait une grande importance. Aucune incartade n'était tolérée. Toute violence sur l'ennemi, homme ou femme, était sévèrement punie.

Mais dans la vie civile, le duc savait pertinemment qu'il aurait plus de difficultés dans ses relations avec les femmes qu'il n'en avait eu jusque-là avec ses soldats. D'ailleurs, il était à peu près certain qu'Isobel ne serait pas femme à se laisser mener.

Celle-ci exerçait une telle fascination sur les hommes qu'elle ne se privait pas de les manipuler comme des pantins. Ainsi obtenait-elle exactement ce qu'elle voulait et parfois même davantage.

Le duc s'était bien juré de ne pas être l'un des jouets de la belle veuve ; il redoutait pourtant de tomber un jour par faiblesse dans l'un des terribles pièges d'Isobel. Jusqu'où serait-elle capable d'aller ?

Contrarié par ces sombres pensées, il préféra se souvenir de sa jeune cousine Alvina.

Il se remémora l'époque où celle-ci devait avoir neuf ou dix ans. Que de bons moments il avait passés au château à jouer avec sa petite cousine et son grand frère Richard, qui avait le même âge que lui ! Les années avaient passé et ils avaient dû attendre le vingt et unième anniversaire de Richard pour se revoir enfin. Leur mère avait perdu deux enfants entre la naissance de son fils et celle de sa fille, ce qui expliquait la grande différence d'âge qu'il y avait entre eux. La naissance de la petite Alvina avait été d'ailleurs considérée comme un véritable miracle par les médecins.

Aujourd'hui, la jeune fille devait avoir près de

vingt ans et le duc se demandait si elle aurait la grande beauté de sa mère.

Il revoyait dans le détail la somptueuse fête que les parents avaient donné en l'honneur des vingt et un ans de leur fils Richard. Il y avait eu des feux d'artifice éblouissants, un banquet raffiné et des invités très distingués. Jamais il n'avait vu de femmes plus élégamment vêtues. Certaines d'entre elles portaient pour la circonstance leurs plus beaux bijoux. Quant aux hommes, ils arboraient pour la plupart leurs médailles les plus honorifiques. Il faut dire qu'un bon nombre d'entre eux étaient membres de la Cour ou diplomates. Aujourd'hui encore le duc revoyait tous ces magnifiques uniformes passementés de fils d'or et lourds de boutons blasonnés, de galons, de brandebourgs.

Richard avait fait ce soir-là un brillant discours : tous étaient à cent lieues d'imaginer qu'il mourrait, peu de temps après, à la bataille de Waterloo. Le jeune homme disparu, le titre de duc d'Harlington, cinquième du nom, ne pouvait revenir qu'à son cousin Ivar.

Le duc avait quitté les faubourgs de Londres et il traversait maintenant des paysages verdoyants. Une nouvelle fois ses pensées allèrent à Alvina qu'il allait bientôt devoir affronter et il ne put s'empêcher de maugréer entre ses dents : « Comment a-t-elle pu se séparer d'un objet aussi précieux que cette magnifique coupe d'argent ? »

C'est avec rage qu'il repensa à toutes ces miniatures auxquelles l'usurier avait fait allusion tout à l'heure.

En effet, la collection des Harlington était

réputée à travers tout le pays. Certaines pièces étaient antérieures au règne d'Elisabeth Ière.

Chacun des membres de la famille avait été portraituré. Aussi ces miniatures représentaient-elles la presque totalité des illustres ancêtres du duc.

Ivar se souvenait que le petit salon bleu du château leur avait été entièrement consacré, transformé ainsi en un véritable musée. Il avait voyagé dans de nombreuses capitales telles que Paris, Vienne ou Rome et jamais il n'avait vu une collection susceptible de rivaliser avec celle des Harling. Désormais, toutes ces œuvres d'art seraient à sa disposition et il pourrait les admirer à loisir.

Dès son retour en Angleterre, le duc avait eu le pressentiment que le château d'Harlington allait compter énormément dans sa vie. Cette immense propriété le fascinait depuis son plus jeune âge.

En effet, lorsqu'il était petit garçon, son père lui avait lu la merveilleuse légende du roi Arthur et des chevaliers de la Table ronde. L'enfant avait imaginé que le château était précisément le lieu où se cachaient ces nobles guerriers. D'ailleurs, toutes les histoires qu'on lui racontait — contes de fées, romans d'aventures — se déroulaient inévitablement pour lui dans l'imposante bâtisse. Même les récits des croisades qui avaient bercé son enfance avaient toujours pour cadre ce mystérieux château peuplé de fiers combattants et de preux chevaliers prêts à attaquer les Sarrasins.

Aujourd'hui, ce n'était pas sans fierté qu'il se souvenait que la reine Elisabeth elle-même avait fait partie des hôtes prestigieux du château.

Ses pensées revinrent à Alvina et une fois de plus il s'impatienta : « Encore une chance qu'elle ait conservé une partie du patrimoine familial ! » Il était furieux que la famille comptât une traîtresse de cette espèce. Comment qualifier autrement quelqu'un qui avait eu l'indécence de laisser en gage à un inconnu des objets d'une valeur inestimable contre un peu d'argent ? D'autant que ces objets ne lui appartenaient aucunement !

En effet, le duc avait demandé un jour à son père si un duc et un roi avaient les mêmes pouvoirs. Le vieil homme lui avait expliqué que si tous deux vivaient dans des palais luxueux, les trésors qui étaient entre leurs mains ne leur appartenaient pas pour autant. Certes, il était de leur devoir d'en prendre le plus grand soin pendant toute la durée de leur règne, mais à leur mort, ces trésors revenaient à leurs successeurs.

Alvina n'avait donc aucun droit sur ces biens. La désinvolture avec laquelle la jeune fille s'en était séparée était d'autant plus intolérable qu'il s'agissait d'un patrimoine transmis de génération en génération. Le duc finit par remercier le ciel que Pinchbeck n'ait pas été tenté de les vendre à son tour.

Puis il se demanda pourquoi le notaire n'était pas intervenu. Le notaire, ou le fondé de pouvoir... il devait bien y avoir un homme d'affaires chargé de gérer le domaine ! Ivar s'aperçut qu'ayant vécu ces dernières années à l'étranger, il avait perdu tout contact avec sa famille. Ainsi, il n'avait même pas assisté aux funérailles de Richard ! Puis, quand le vieux duc s'était éteint, en 1817, Ivar se trouvait en mission à Vienne et n'avait pu être informé à temps de ce décès. Ce n'avait été qu'à son retour à Paris qu'il avait appris la triste nouvelle par l'intermédiaire d'une lettre de la banque. Celle-ci l'informait que le titre de duc lui revenait. Par ailleurs, on lui faisait part des propriétés dont il avait hérité, ainsi que de l'importante somme d'argent qui avait été transférée à son nom. Mais à ce moment-là, il lui avait été impossible de rentrer en Angleterre.

A cette époque, la réduction des effectifs des troupes de l'armée d'occupation était au centre des préoccupations de tous. Il faut dire que Wellington, qui avait tout d'abord déclaré qu'une telle réduction était impossible, avait fini par aviser la conférence des Quatre Ambassadeurs, un mois plus tard, que les effectifs seraient réduits de trente mille hommes dès le mois d'avril.

Le « général » Harling — c'est ainsi que le nommait Wellington — lui était de ce fait devenu indispensable. Il y avait eu à cette époque tant de controverses et de négociations délicates à mener que le duc s'était trouvé, à son grand regret, dans l'impossibilité de quitter Paris.

Il avait donc remis à plus tard les nombreuses difficultés qui l'attendaient à Londres. Tout d'abord contrarié, il avait dû se faire une raison en se persuadant que, dès son retour, il résoudrait toutes ces questions en un tournemain.

Par prudence il avait informé la banque de son retour imminent. Il comprenait que, petit à petit, sa vie était en train de changer. En effet, entre les Français dont l'hystérie était attisée par les écrits chargés d'espoir de Madame de

Staël prônant une France libre et la pression constante qu'avait exercée Wellington à son égard, il n'avait guère eu le temps de rêver à sa couronne ducale !

Les jours passaient et il n'avait aucune nouvelle de la banque. Ivar pensa que c'était plutôt bon signe. Une chose pourtant l'étonnait : il n'avait reçu aucun signe de vie d'Alvina. Certes, lui non plus ne s'était pas manifesté depuis la mort du vieux duc, ses obligations militaires ne lui en ayant pas laissé le temps, et il le regrettait aujourd'hui. Il espérait que sa cousine le comprendrait et ne lui en voudrait pas trop. Pendant quelques instants il se sentit mal à l'aise, puis bien vite il décréta avec une fausse désinvolture que : « Pas de nouvelles, bonnes nouvelles ! »

Il avait hâte à présent d'arriver au château. Les chevaux étaient vraiment remarquables. Il lui faudrait absolument remercier Gerald Chertson qui, en achetant ces superbes bêtes, lui avait rendu un fier service.

Les deux amis ne s'étaient pas vus à Berkeley Square car Gerald avait dû retourner rapidement auprès de son père malade. Mais il avait laissé un mot à l'intention d'Ivar, précisant qu'il ferait son possible pour que tous deux se revoient au plus vite. Le duc avait été très déçu de ne pas trouver, comme il en avait été convenu, son cher compagnon. Puis il s'était promis que leurs retrouvailles en seraient d'autant plus gaies !

Soudain, le souvenir de la belle Isobel lui revint à l'esprit et il crut sentir son parfum exotique et légèrement ambré. Il revoyait les bras de sa jeune maîtresse qui l'enlaçaient, il songeait avec nostalgie aux lèvres de la jeune femme et au goût de ses baisers.

« Mais je m'égare ! » se dit-il, vexé d'avoir laissé l'émotion l'envahir à l'évocation de sa bien-aimée.

Puis il se jura de ne jamais se laisser influencer, ni par son cousin Jason, ni par qui que ce fût quant à son mariage. C'était à lui et à lui seul que revenait cette décision délicate. Il se marierait avec qui bon lui semblerait et quand il le désirerait ! Mais auparavant, il était fermement décidé à profiter des meilleurs côtés que sa nouvelle vie allait lui apporter.

Repensant à son cousin Jason, Ivar se dit qu'il aurait tout intérêt à le rencontrer dès son retour à Londres, afin de régler au plus vite leur différend. « Je lui ferai miroiter une importante somme d'argent et le pauvre bougre n'aura qu'à bien se tenir ! », marmonna le duc, un sourire satisfait sur les lèvres.

Pour avoir enfin la paix, il irait jusqu'à régler les dettes — sans aucun doute très importantes — de son cousin.

A la fois agacé et rassuré par de telles décisions, il avait bien conscience que c'était le prix à payer pour éviter que sa vie de duc ne débutât par un scandale familial.

C'est aux alentours de quatre heures de l'après-midi que le phaéton arriva devant l'impressionnant portail du château. Les grilles en fer forgé étaient flanquées d'un blason orné d'un lion magnifique. Curieusement, elles étaient entrebâillées.

Le duc ordonna à son cocher d'avancer jusque dans la cour. En passant devant les pavillons qui encadraient l'allée menant au château, il constata avec surprise que l'un d'eux était fermé.

Un instant, il regretta que personne ne se présentât pour le recevoir. En effet, il se souvenait que, lorsqu'il était enfant, une haie de domestiques accueillait les visiteurs. Ivar revoyait les magnifiques boutons aux armes de la famille qui brillaient sur leurs livrées.

Donc, à la demande du duc, le phaéton remonta lentement l'allée bordée de chênes centenaires. L'émotion le submergea quand il découvrit soudain le château, derrière les feuillages touffus des arbres ! Il retint un instant sa respiration. Puis les chevaux, comme surpris par tant de beauté, s'immobilisèrent à leur tour.

A l'origine, ce château avait été construit pour un baron contemporain de la Grande Charte de 1215. Une des tours était demeurée à peu près intacte malgré les siècles. Il est vrai qu'elle avait été renforcée, vers 1310, par des remparts crénelés.

Un édifice de style très composite était venu compléter cette tour. Sa partie centrale remontait à l'époque élisabéthaine alors que le reste du bâtiment datait de la Restauration, de l'époque de la reine Anne ou encore du début de la période georgienne.

Ce mélange d'architectures différentes conférait à l'ensemble un mystère très particulier qui n'était pas sans évoquer un palais de conte de fées.

Le soleil, cet après-midi-là, venait se refléter dans les nombreuses fenêtres de la façade. Sur le rebord du toit, des statues de pierre se détachaient sur un beau ciel turquoise.

Tout jeune, Ivar avait fait le pari de grimper jusque sur ce toit et, bien sûr, avait gagné.

Aujourd'hui, il retrouvait presque en ami les immenses statues qui, à l'époque, lui avaient paru gigantesques. Comme il aurait aimé retourner en arrière et redevenir ce petit enfant à l'imagination débordante qu'il avait été ! Combien de fois avait-il cru apercevoir tantôt de beaux chevaliers en armure, tantôt de jolies nymphes dansant près du lac, ou encore ces dragons terrifiants, tapis dans les sous-bois ! Comme il était loin le temps de l'enfance !

Brusquement, le souvenir de sa cousine vint gâcher sa rêverie nostalgique. « Fini la poésie », soupira le duc en descendant de la voiture.

Il s'attarda cependant sur les herbes folles qui avaient envahi çà et là le grand escalier. Puis il s'adressa au valet d'écurie qui attendait, les rênes à la main :

— Emmenez les chevaux aux écuries. Je vous envoie de l'aide pour les bagages.

— Bien, monsieur, répondit l'homme avant de s'éloigner.

Immobile sur le perron, le duc prit conscience que le moment tant attendu était enfin arrivé. Mais il ne se décidait pas à frapper à la grande porte. Il restait là, soudain absorbé dans ses pensées.

Il s'en voulait un peu de n'avoir prévenu personne de son arrivée. S'il l'avait fait, on aurait très certainement déroulé sur le perron le long tapis rouge comme cela avait été le cas à Berkeley Square. Mais il n'avait pas au château d'ami aussi prévenant que ce bon Gerald, toujours prompt à rendre les honneurs à son vieux compagnon.

Ivar revint à la réalité et se demanda s'il trouverait ici au moins un valet qui pût s'occuper de lui. Et si Alvina elle-même n'était pas là ?

Toutes ces questions subitement l'oppressèrent et il se décida enfin à frapper. Au bout de quelques secondes, il fut étonné de n'entendre aucun bruit dans le château. La porte n'était pas fermée et Ivar pénétra dans le grand hall. Un sentiment étrange s'était emparé de lui, mêlé de colère et d'une sourde inquiétude.

Le hall était immense et entièrement dallé de marbre blanc. Des niches aménagées dans les murs abritaient des statues de dieux et de déesses antiques.

Avec une vive émotion, il retrouva l'escalier dont la balustrade, recouverte d'or, était remarquablement sculptée.

Debout, immobile, il se surprit à sourire. Ce château avait un effet magique sur lui et le rendait profondément heureux. Puis il avança timidement vers la cheminée ; des drapeaux poussiéreux et usés pendaient de chaque côté, trophées rapportés par les Harling de la glorieuse bataille d'Azincourt.

Il quitta le hall de marbre blanc pour aller explorer les autres pièces de cette somptueuse propriété qui désormais était la sienne. Il n'y avait pas un bruit, personne pour le recevoir. Que s'était-il donc passé ?

Très vite, il se rappela la disposition exacte de chacune des pièces de la demeure. Tout en haut de l'escalier central, sur la gauche, se trouvait la galerie des portraits alors que sur la droite se succédaient les chambres d'apparat. Celles-ci avaient été autrefois occupées par la reine Elisabeth, par Charles II puis par la reine Anne lors de brefs séjours à Harling.

Jadis, le duc et son épouse vivaient avec leur

suite au fond du corridor. Là étaient nés la plupart des ancêtres d'Ivar; c'était là aussi qu'ils avaient rendu l'âme. Au rez-de-chaussée, une immense salle était réservée aux festivités. Le duc se souvenait de la fête donnée pour l'anniversaire de Richard dans cette pièce magnifique.

Une petite salle à manger, décorée par William Kent, s'ouvrait tout à côté de la salle de réception. Le vieux duc et sa famille y prenaient généralement leurs repas.

Un peu plus loin se trouvait la bibliothèque qui renfermait les premières éditions de Shakespeare ainsi que de nombreux livres rares, ouvrages enluminés accumulés depuis des siècles. Cette bibliothèque prestigieuse, une des plus riches du pays, faisait la fierté des Harling.

Une succession de petits salons s'ouvraient juste après la chambre dite de Rubens où des œuvres du grand maître étaient accrochées. Chacun de ces petits salons était décoré dans une couleur différente: il y avait ainsi le salon rouge, le vert puis le bleu.

Le duc avait toujours eu une préférence marquée pour le salon bleu. C'est là qu'étaient conservées les fameuses miniatures. Le regard d'Ivar s'assombrit. Ces miniatures lui rappelaient de trop mauvais souvenirs...

Puis il traversa le long couloir du rez-de-chaussée en direction de la chambre de Rubens. Le calme de la demeure, une fois de plus, l'étonna.

En pénétrant dans la pièce, il fut saisi par une étrange sensation. L'endroit était totalement obscur et n'avait pas dû être aéré depuis longtemps. Une odeur tenace de moisi envahissait l'atmosphère, incommodant le duc au point qu'il dut porter son mouchoir à son nez. Tous les meubles, sans exception, étaient recouverts de housses.

Soudain, le duc eut envie de voir la bibliothèque.

La pièce était plus claire, entièrement baignée de soleil. Toutefois, là encore, une forte odeur de renfermé incommoda le jeune homme qui eut le sentiment que tout était poussiéreux et comme abandonné.

C'est alors qu'il crut entendre un bruit provenant du fond de la bibliothèque. Puis soudain, il eut l'impression très nette d'une présence...

Retenant son souffle, il s'avança à pas feutrés.

Tout à coup, à quelques mètres de lui, il distingua une domestique qui lui tournait le dos et qui époussetait des étagères.

« Enfin quelqu'un ! », se dit le duc qui demeura encore quelques instants en retrait afin d'observer la jeune femme. Celle-ci, à l'aide de son plumeau, déplaçait de véritables nuages de poussière.

Soudain, n'y tenant plus, il rompit le silence et demanda d'un ton sec :

— N'y a-t-il donc personne d'autre que vous au château ?

Effrayée par la voix d'Ivar, la jeune femme avait lâché son plumeau. Elle le regardait maintenant, interdite.

— Vous pouvez peut-être me dire où se trouve lady Alvina ? reprit le duc. J'ai à lui parler, et c'est assez urgent.

La jeune personne ouvrait ses grands yeux bleus, hésitant à parler. Le duc crut reconnaître ce regard. Et s'il ne s'agissait pas d'une domestique... ?

Comme elle ne répondait toujours pas, il se présenta :

— Je suis le duc d'Harlington...

La jeune femme, à ce nom, étouffa un petit cri puis bredouilla :

— Mais... je vous croyais... en France !

— Je suis en Angleterre depuis hier.

Un silence pesant suivit ce bref échange et pendant quelques instants, ils ne trouvèrent rien à se dire tant cette situation était étrange.

— Mais, peut-être pouvez-vous me dire qui vous êtes ?

Elle pâlit et, au lieu de répondre à sa question, dit simplement :

— Pourquoi ne pas avoir prévenu de votre visite ? Vous êtes resté si longtemps sans donner de vos nouvelles.

C'est alors que le duc comprit qu'il se trouvait en présence de sa cousine.

— Vous êtes donc Alvina ? demanda-t-il.

Puis tous deux se regardèrent, intimidés.

Quelques secondes passèrent et la jeune fille reprit :

— Il y a si longtemps que je vous attendais... Je commençais à perdre espoir.

Elle avait parlé d'une voix triste et son cousin s'en trouva fort gêné. Aussi s'empressa-t-il de se justifier :

— Je vous prie, chère cousine, de bien vouloir me pardonner ce long silence. J'ai eu beaucoup à faire auprès de Wellington, lequel s'est d'ailleurs fermement opposé à mon retour en Angleterre.

Puis il retourna le reproche à sa cousine :

— Mais, dites-moi, vous ne m'avez pas écrit non plus !

— Je vous ai pourtant envoyé une lettre pour vous annoncer la mort de mon père ! protesta la jeune femme.

— Je n'ai jamais rien reçu de vous, rétorqua le duc en toute bonne foi.

— J'avoue que je ne m'attendais pas à une telle réponse.

— Et à quoi vous attendiez-vous ?

— Je ne sais pas au juste... Je pensais qu'une telle nouvelle vous avait laissé indifférent. J'ai été sotte, j'aurais dû tenter de vous écrire une seconde lettre.

— Encore une fois, chère cousine, je vous demande de bien vouloir comprendre mon silence.

Elle ne répondit pas et le duc esquissa un sourire. Puis, sur un ton qu'il voulut paternel, il ajouta :

— Voyez-vous, je crois que ma seule véritable excuse réside dans le fait que je ne vous ai pas vue grandir. Je vous ai toujours imaginée petite fille. Vous rendez-vous compte que la dernière fois que je vous ai vue, c'était à l'occasion de l'anniversaire de...

Il ne termina pas sa phrase car il ne voulait surtout pas attrister sa cousine. Celle-ci comprit son embarras et elle n'hésita pas à dire, sur un ton qu'elle voulut désinvolte et naturel :

— Puisque nous évoquons la mort de mon pauvre frère, j'en profite pour vous remercier d'avoir, à l'époque, envoyé vos condoléances à papa. Nous avons été bouleversés par cette terrible nouvelle...

Le duc, affligé, laissa passer quelques instants. Puis, se ressaisissant, il reprit avec assurance :

— Chère cousine, parlons à présent de la raison qui m'a poussé à venir vous voir avec tant de hâte.

— Je vous écoute, répondit la jeune femme en toute innocence.

— Il va tout de même falloir que vous m'expliquiez certaines choses...

Soudain Alvina prit peur devant la menace contenue dans la voix de son cousin. Le duc sentait la colère monter en lui et, tout en essayant de la réprimer, il déclara sur un ton d'une extrême sécheresse :

— Dites-moi, cousine Alvina, comment avez-vous osé laisser en gage chez un inconnu des objets de famille dont la valeur est tout simplement inestimable, tant sur le plan sentimental que pécuniaire ?

La jeune femme, interloquée, ne sut que répondre et afin de se donner une contenance, elle retira tour à tour son tablier blanc ainsi que le petit bonnet qui recouvrait sa tête.

Le duc, malgré sa contrariété, la regarda faire. Ses cheveux magnifiques, maintenant libérés, tombaient sur ses frêles épaules et le duc se rendit compte à quel point cette cousine faisait plus jeune que son âge. Il la sentait craintive comme aurait pu l'être une enfant.

Désirant cependant bien montrer son mécontentement, il poursuivit :

— J'aimerais savoir ce qui a pu vous pousser à agir d'une manière si honteuse. Pourquoi ce besoin d'argent si urgent ? Vous devez me dire la vérité, Alvina.

Au fur et à mesure qu'il parlait, sa voix se durcissait. Il avait bien du mal à endiguer sa colère.

La jeune Alvina restait muette et cette attitude, soudain, le mit hors de lui. Il s'écria alors :

— Dites-moi la vérité ! Peut-être vouliez-vous, de cette façon, m'empêcher de prendre la place de votre frère ! A moins que vous n'ayez agi dans le but de protéger un amant !

Il y eut un long silence et Ivar reprit de plus belle :

— Pinchbeck est venu me voir à Berkeley Square, il m'a tout raconté ! Un tel comportement de votre part est honteux ! Ces objets ne vous appartenaient pas. Et dire que cela a duré trois ans !

Alvina était bouleversée. Elle voulut s'expliquer :

— Je... je vais tout vous dire...

— J'attends... et je veux savoir toute la vérité sur cette histoire !

— Voilà, c'est que... papa...

Mais le duc la regardait si durement qu'elle éclata en sanglots. Honteuse, elle se précipita alors vers la porte et s'enfuit.

— Seigneur, les femmes sont toutes les mêmes ! s'exclama-t-il, au comble de l'exaspération. Prises au piège, elles fondent en larmes et finissent toujours par disparaître sans la moindre explication.

Seul au milieu de l'immense bibliothèque inondée de soleil, il pestait maintenant contre toutes ces femmes qui ne cessaient de lui causer des difficultés.

Il fallait absolument qu'il sache le fin mot de l'histoire. Il y avait sûrement quelqu'un au château qui pourrait le renseigner. Il se mit alors à la recherche d'un domestique, parcourant les longs corridors dont le sol et les murs étaient tapissés d'une poussière qui lui fit faire la moue.

Par hasard, son regard se posa sur la cheminée de la bibliothèque où il était revenu. Il constata avec tristesse que les magnifiques chenêts en argent étaient recouverts de suie. « Décidément, se dit-il, ce pauvre château a besoin qu'on le reprenne en main ! »

Il traversa le long corridor, ouvrant toutes les portes sur son passage. Désert, l'endroit était désert...

Puis il arriva dans le grand hall d'entrée. Là encore, personne ! Et partout flottait une insupportable odeur de poussière qui picotait les narines. « Où diable sont-ils tous passés ? » se demanda Ivar pour la centième fois.

Il allait remonter à l'étage lorsqu'un homme âgé, aux cheveux grisonnants, s'avança vers lui péniblement. Le duc connaissait ce visage...

— Bonjour, Votre Grâce, dit l'inconnu en souriant.

— Bonjour, mon ami. Il me semble que nous nous connaissons...

— Je suis Walton, Votre Grâce.

— Walton ! c'est cela ! Vous étiez maître d'hôtel lorsque, enfant, je venais rendre visite à mes cousins.

— C'est exact, monsieur Ivar... excusez-moi, je veux dire, Votre Grâce, reprit le vieil homme d'un air confus.

— Comme le temps passe..., soupira le duc.

— J'ai commencé par être valet de pied au château, vous n'étiez alors qu'un tout petit garçon. Un peu plus tard, je suis devenu maître d'hôtel. Je me souviens qu'à cette époque, vous accompagniez vos parents partout. Vous étiez un beau jeune homme, réservé et si discret.

Walton parlait avec chaleur et émotion, comme souvent les personnes âgées à l'évocation de leur passé.

— Je suis très heureux d'avoir eu l'occasion de vous rencontrer après tant d'années... Mais, dites-moi, où sont donc passés les domestiques ? Comment se fait-il qu'il n'y ait personne pour me recevoir ?

Le maître d'hôtel, que ce ton de reproche déconcerta quelque peu, ne put que répondre en bredouillant :

— C'est-à-dire... Votre Grâce n'a pas prévenu de sa visite.

— C'est un fait, répliqua Ivar, manifestement agacé. Je sais aussi que, depuis la guerre, les choses ont beaucoup changé en Angleterre ! Mais jamais je n'aurais imaginé qu'on puisse laisser à l'abandon un château comme celui-ci !

Le domestique voulut aussitôt se défendre :

— Votre Grâce doit comprendre que nous n'avions pas les moyens de faire autrement.

— Et pourquoi donc ? Avez-vous à ce point manqué de domestiques ?

— Oui, absolument.

— Je vois, dit le duc.

— Il faut que Votre Grâce sache que, depuis la mort de monsieur le duc et même un peu avant, lady Alvina n'a pas eu un seul instant de répit. Elle s'est occupée de tout. Elle aura beaucoup de choses à vous raconter...

Décidément, il était bien regrettable que la jeune fille eût pris la fuite de manière si inattendue, tout à l'heure !

— Je le crois volontiers, dit Ivar. Mais je venais à peine de la rencontrer qu'elle a fondu en larmes et s'est sauvée ! Dites-moi, quelles piè-

ces du château utilise-t-elle, à part la bibliothèque ?

Le vieux Walton eut l'air gêné.

— C'est que... lady Alvina avait besoin d'un
livre, alors elle en a profité pour faire un peu
de nettoyage. Mais en temps normal, la bibliothèque reste fermée, Votre Grâce.

Voilà qui expliquait la poussière et l'étrange
tenue de sa cousine, pensa le duc.

— En fait, lady Alvina n'occupe pour ainsi
dire aucune autre pièce que la petite salle à manger, dit Walton sur un ton désolé que le duc ne
releva pas.

— J'ai quelques questions à vous poser.
Pouvons-nous nous asseoir quelque part ? interrogea Ivar, plongé dans des pensées qui semblaient le préoccuper profondément.

Il avait à peine terminé sa phrase que Walton
poussait la porte de la pièce.

Le temps passé revint à la mémoire d'Ivar et
avec lui des souvenirs précis. Ainsi, en entrant
dans la salle carrée, se remémora-t-il ces matins
où la gent masculine se réunissait autour de la
grande table afin d'y prendre le premier repas
de la journée. Les femmes, plus lentes à se préparer, préféraient traîner dans leur boudoir et
ne descendre qu'un peu plus tard dans la
matinée.

Le duc aimait admirer le lac, à travers les
fenêtres. Il revoyait les premiers rayons du
soleil, qui, le matin, éclairaient les murs de la
pièce, notamment ce coin où, autrefois, trônait
un large buffet chargé d'argenterie scintillante.
Parfois, il arrivait qu'on installât sur ce meuble
quelques bougies afin de réchauffer certains
plats. Quelle atmosphère merveilleuse alors !

Il se souvenait de l'étonnante variété des mets que l'on avait coutume de servir, avec des pains frais et des toasts. Il se souvenait des savoureuses marmelades que les cuisinières préparaient avec amour.

Le duc revoyait les journaux qu'un domestique plaçait sur un support d'argent, face à chacun des convives. Ce même domestique prenait soin d'en repasser chaque page, comme cela se faisait en ce temps-là.

« Décidément, les années passent et ne se ressemblent pas ! » maugréa Ivar.

En effet, cette époque de grand faste était bel et bien révolue et le duc, soudain, se sentit envahi par une immense nostalgie légèrement teintée d'amertume.

Les meubles eux-mêmes avaient cédé leur place à un mobilier plus petit et plus pratique. Non, l'ambiance n'était vraiment plus la même et c'était bien triste.

Ivar fut surpris par la présence d'un fort beau secrétaire, relégué dans un coin sombre de la pièce. En s'en approchant, il découvrit, pêle-mêle, une boîte à ouvrage en marqueterie, des livres, des notes et des feuilles qui ressemblaient étrangement à des factures...

Brusquement, il comprit qu'Alvina avait accumulé dans cette pièce les choses les plus précieuses de sa vie.

Un immense portrait de son frère Richard au-dessus de la cheminée confirma nettement cette impression. Il était entouré de nombreux autres tableaux de toutes tailles. Le duc s'approcha du portrait et constata qu'il était l'œuvre du célèbre Thomas Lawrence.

Soudain, et sans trop savoir pourquoi, Ivar se

sentit mal à son aise dans cette pièce. Il avait l'impression de commettre une indiscrétion. « Mais après tout, je suis ici chez moi ! », se dit-il pour se rassurer.

Puis, il se laissa tomber dans l'un des petits fauteuils. Ses yeux croisèrent alors ceux du vieux domestique qui prit aussitôt un air embarrassé.

— Alors, Walton, expliquez-moi donc ce qui est arrivé à ce pauvre château ? Pourquoi cette pièce est-elle l'unique endroit où ma cousine Alvina a élu domicile ? Où se sont donc volatilisés les domestiques ?

Le maître d'hôtel, désemparé par tant de questions, se dépêcha de dire, timidement :

— Je crains que Votre Grâce n'ait pas bien compris...

— Non, s'emporta le duc, je n'ai effectivement pas bien compris ! C'est la raison pour laquelle je vous somme de me dire la vérité ! Pourquoi Alvina s'est-elle séparée de ces objets de famille ? Je veux que vous me disiez ce que vous savez au sujet de la coupe d'argent... Faut-il véritablement que ma cousine ait perdu la tête !

Surpris par une telle colère, Walton se mit à trembler de la tête aux pieds. Le duc s'en rendit compte, et, sortant de ses gonds, s'écria :

— Mais enfin, qu'attendez-vous ? Je veux toute la vérité !

Consterné, le vieux domestique dit alors du plus bas qu'il put :

— C'est très simple, Votre Grâce... Lady Alvina n'avait pas d'argent.

3

Les deux hommes se regardèrent dans un silence pesant.

Puis le duc, visiblement soupçonneux, demanda :

— Pas d'argent ?... Voyons, Walton, vous plaisantez !

— Hélas, Votre Grâce, je ne plaisante pas le moins du monde. Votre cousine n'avait pas un sou pour acheter la moindre nourriture ! Et ne parlons pas des gages des domestiques...

— Cette histoire est ridicule ! Je ne puis vous croire. Je sais que mon cousin possédait une importante fortune. Je sais aussi qu'il a laissé beaucoup d'argent après sa mort.

Walton, mal à l'aise, poursuivit timidement :

— Tout cela est arrivé à cause de cette maudite guerre...

— Expliquez-vous, Walton.

— Oui, c'est la guerre et les malheurs qu'elle apporte, qui bouleversent ainsi les gens... et tout un pays.

— Faites-vous allusion à la mort de mon jeune cousin ?

— Certes, la mort de monsieur Richard n'a

pas arrangé les choses... mais je veux parler d'une époque bien antérieure, celle où le coût de la vie a commencé à augmenter. C'est à ce moment, précisément, que monsieur le duc a décidé de faire des économies et de restreindre son train de vie.

Le duc écoutait de toutes ses oreilles, brûlant d'impatience de connaître la suite.

« Qui aurait cru une chose pareille ? » se dit-il, stupéfait.

Il semblait impensable que le vieux duc, fortuné comme il l'était, ait pu sacrifier sans vergogne les gages de ses domestiques.

Puis, soudain, il se souvint qu'il avait eu vent de certains commentaires concernant « la pénible situation de l'Angleterre », alors qu'il était à Paris. Trop préoccupé, à cette époque, par la politique du continent, il avait littéralement négligé les problèmes de son propre pays ! Et il le regrettait amèrement aujourd'hui.

L'agriculture avait connu de terribles difficultés ; il y avait eu des émeutes, une grave recrudescence du chômage. Les journaux en avaient certes beaucoup parlé, et ces événements lui avaient été confirmés par un certain nombre d'hommes politiques britanniques qu'il avait pu rencontrer durant la guerre.

On avait même été jusqu'à recourir à la force et des centaines de soldats et de marins avaient dû reprendre du service. Le courage de ces hommes n'avait été gratifié, à leur retour, d'aucune compensation, ce qui était proprement scandaleux.

« Comment ai-je pu rester aussi indifférent à tous ces bouleversements ? » se reprochait le duc, navré. D'ailleurs, il était bien conscient que ces problèmes n'étaient toujours pas réglés. A lui, maintenant de rattraper le temps perdu.

Cependant, cela n'expliquait toujours pas le soudain changement de comportement de son prédécesseur. Le plus surprenant dans cette histoire était que le vieux duc ait pu passer pour pauvre alors qu'il disposait d'une fortune considérable. Le duc désirait vivement comprendre.

— Qui donc se chargeait de la bonne marche de la maison ?

— Monsieur Fellows s'est occupé de l'intendance du château trente années durant. Le pauvre homme a été renvoyé du jour au lendemain à la suite d'une petite querelle avec monsieur le duc... cela, peu de temps avant le décès de monsieur Richard.

— Par qui a-t-il été remplacé ?

— Votre Grâce ne devinera jamais...

— Dites-moi, Walton !

— Étant donné le programme de restrictions qu'il s'était fixé, monsieur le duc chargea lady Alvina de cette lourde tâche.

— Ma cousine ? coupa le duc. J'avoue qu'une telle décision me dépasse !

— Imaginez ! Lady Alvina n'était encore qu'une enfant... il lui a fallu beaucoup de courage pour affronter comme elle l'a fait, du jour au lendemain et sans aucune expérience, de telles responsabilités. Elle devait se débrouiller pour payer les employés, gérer la maison... et cela sans l'aide financière de monsieur le duc. Un vrai défi !

— Je vois..., répondit Ivar.

Il aurait voulu parler de tout cela avec sa cousine. Pourquoi était-elle partie si précipitamment ? Il fallait la retrouver au plus tôt afin que tous deux s'expliquent clairement.

— Qui d'autre que vous demeure au château ? demanda-t-il.

— Ma femme qui est aux cuisines, Mme Johnson, la cuisinière, fidèle au poste depuis bientôt quarante ans ainsi que la vieille Emma, qui va sur ses quatre-vingts ans et qui fait ce qu'elle peut.

— Personne d'autre ?

— Non, personne. Les autres domestiques ont été congédiés. Certains ont préféré partir d'eux-mêmes plutôt que de continuer à travailler dans de si pénibles conditions.

— Tout cela me semble bien étrange et j'avoue que j'ai du mal à y croire, dit le duc, perplexe après un tel récit.

Puis comme le vieux domestique attendait, debout, les bras ballants, il ajouta :

— Très bien, Walton, je vous remercie de ces renseignements précieux. Lorsque vous verrez lady Alvina, dites-lui que je l'attends dans le grand salon, voulez-vous ?

Le maître d'hôtel hésita quelques secondes puis déclara :

— Je crains que lady Alvina n'ait quitté le château...

A ces mots, le duc se redressa et demanda d'une voix inquiète :

— Que voulez-vous dire ?

L'homme paraissait savoir quelque chose.

— Où est-elle allée ? Répondez !

— C'est-à-dire... j'ai croisé tout à l'heure lady Alvina... elle était en larmes... elle m'a juste dit qu'elle prendrait son cheval, et qu'on ne l'attende pas.

— N'avez-vous donc aucune idée de l'endroit où votre maîtresse a bien pu aller ?

L'homme secoua la tête.

— Je suis désolé de l'avoir mise dans cet état. Vraiment navré. Je vous en prie, Walton, aidez-moi à la retrouver au plus vite.

Le duc sentait qu'il pourrait obtenir ce qu'il voudrait du maître d'hôtel, aussi se fit-il plus suppliant.

— S'il vous plaît, Walton, il n'y a que vous qui puissiez m'aider !

— Je crains que lady Alvina ne désire rester seule quelque temps.

— Je comprends... Mais, pour nous avoir connus enfants, vous savez, Walton, que j'ai beaucoup d'affection pour ma cousine et ne peux lui vouloir aucun mal. Aussi, je compte sur votre aide pour la retrouver au plus vite. Qui d'autre qu'elle pourra me soutenir dans mes nouvelles fonctions de duc ?

— Votre Grâce comprendra qu'il m'est difficile de trahir l'endroit secret où se cache lady Alvina.

— L'endroit... l'endroit secret..., répéta le duc comme pour lui-même.

— Oui, cet endroit est si secret que monsieur le duc lui-même n'en connaissait pas l'existence.

L'idée que la douce Alvina ait pu abriter en secret un jeune amant revint à l'esprit du duc.

Mais il préféra faire comme si de rien n'était et dit prudemment :

— Vous devez comprendre, Walton, que je suis votre nouveau maître. Il est de mon devoir de me renseigner sur la situation exacte de la vie au château et, d'une manière générale, de celle du duché. Lady Alvina, en ce sens, me sera une aide très précieuse.

L'homme écoutait avec grand intérêt les propos de celui qui allait devenir son maître.

— Seule ma cousine pourra me dire quelles sont les questions urgentes à régler dans la maison. Je sais que beaucoup de choses seront à améliorer, voire à transformer. Ce château, c'est évident, a grand besoin d'être repris en main. Et puis, il manque de domestiques...

A ces mots, le maître d'hôtel se décida à parler :

— Monsieur le duc n'a pas seulement renvoyé des domestiques...

— Que voulez-vous dire ?

— Il s'est également séparé de mademoiselle Richardson, l'institutrice de lady Alvina. Celle-ci, consternée par cette décision, installa la pauvre femme, qui ne savait où aller, dans la petite maison du jardinier.

Le duc se dit que, décidément, cette histoire était bien compliquée...

— Vous comprenez, poursuivit le maître d'hôtel, mademoiselle Richardson est très âgée et souffre de terribles rhumatismes. Aussi était-il plus rassurant pour lady Alvina de la savoir tout près d'elle... la maison du jardinier n'est pas très loin du château...

Le duc crut comprendre que l'amitié qui liait les deux femmes était la clef du fameux secret...

— C'est donc là qu'elle est allée... murmura le duc.

— La maison est tout au bout du parc, en sortant sur la gauche. Votre Grâce ne risque pas de se tromper, le cheval de lady Alvina sera probablement devant la porte.

Le duc, satisfait d'une telle réponse, remercia encore le maître d'hôtel qui demanda alors :

— Si Votre Grâce reste au château cette nuit, désire-t-elle quelque chose de particulier pour son dîner ?

Étant donné la restriction de personnel dont il avait été avisé, Ivar se dit que la préparation du dîner ne serait pas chose facile, aussi proposa-t-il :

— Je vais vous charger d'une mission, Walton. Vous allez, dès à présent, vous mettre à la recherche de domestiques sérieux qui soient capables de vous aider, vous et votre femme, en cuisine. Nous aurons, dès ce soir, le meilleur des repas !

L'homme, qui n'en croyait pas ses oreilles, ne cacha pas son étonnement à la vue de la petite bourse que le duc sortit de l'une de ses poches.

— Tenez, dit-il, prenez. Et faites pour le mieux.

Walton avait hésité à prendre les souverains d'or que lui tendait son maître. Une telle chose ne lui était pas arrivée depuis bien longtemps !

— Allez au plus pressé. N'hésitez pas à envoyer mon valet au village afin qu'il trouve ce que votre femme jugera utile d'acheter pour ce soir. Je suppose qu'il reste des chevaux à l'écurie ?

— Oui, mais l'un d'eux se fait vieux et n'est plus très vaillant.

— Voyez avec mon homme. Encore une chose, ne regardez pas à la dépense, prenez tout ce dont vous aurez besoin.

Sur ces mots, le duc tourna les talons, laissant derrière lui le vieux Walton ahuri.

Une fois dans le long couloir, il éprouva le désir de faire un tour aux cuisines.

Il poussa la grosse porte matelassée de cuir

et une foule de souvenirs l'assaillirent. Il revit avec émotion le grand placard où Walton cachait les confiseries, notamment les dragées dont il faisait de véritables orgies.

Cette pièce, à première vue, semblait la même qu'autrefois. Ivar reconnut l'énorme garde-manger ainsi que la table sur laquelle les domestiques nettoyaient l'argenterie.

Toujours dans le même recoin, légèrement surélevée, était disposée une couche réservée au valet de nuit. Malgré l'usure des meubles et des tissus, rien n'avait changé. « Là encore il faudra penser à rafraîchir la peinture des murs », se dit le jeune homme.

Avec ses très nombreux fourneaux, la vaste cuisine avait été, dans le passé, un endroit vivant et animé. Le duc regrettait aujourd'hui le bruit des casseroles, les rires et les bavardages des cuisinières. Il régnait là une chaleur douillette et les odeurs des plats étaient un véritable régal pour ses narines de garçonnet gourmand.

Souvent, le duc avait comparé cet endroit de la maison à une ruche bourdonnante. Qu'il lui semblait loin le temps où les marmitons faisaient tourner, sur de longues broches, des poulets et des pièces de bœuf ! Combien de casseroles de cuivre et de gros jambons avaient été suspendus aux poutres des cuisines ! Cela l'avait beaucoup impressionné lorsqu'il était enfant. Et que dire de toute cette vapeur qui s'échappait des marmites en sifflant doucement ? Ivar se promit de faire revivre ces cuisines comme au bon vieux temps.

Il était tout à ses pensées lorsque des bruits de voix lui parvinrent du fond de la vaste salle.

Lentement, il s'approcha et le spectacle qu'il

découvrit le surprit. Quelques domestiques étaient là, bavardant calmement autour d'un feu. Ils paraissaient tristes et désœuvrés et le duc ne comprit pas tout de suite la raison de leur présence dans les cuisines. Aussi hésita-t-il à s'approcher plus encore.

Puis, soudain, il crut reconnaître l'une des femmes du groupe. Oui, c'était bien Mme Johnson ! Autrefois vigoureuse et enjouée, elle avait le secret des pains d'épice et des cakes aux fruits confits qu'elle réussissait comme personne, pour la plus grande joie du petit garçon qu'il était.

Ivar, en apercevant la vieille femme toute recroquevillée sur elle-même, se dirigea vers elle avec émotion.

— Bonjour..., commença-t-il.

Il n'eut pas le temps de finir sa phrase que, déjà, la cuisinière se précipitait pour le saluer.

— Monsieur Ivar ! Est-ce possible ?... Quel beau jeune homme vous faites !

Elle le regardait, pleine d'admiration, les yeux légèrement embués.

— Je suis très heureux de vous revoir, madame Johnson, dit le duc en serrant la main glacée de cette femme si frêle.

Son visage, autrefois rougeaud, était maintenant barré de rides profondes.

— J'ai vu Walton. Il m'a raconté combien les choses ont été difficiles, ces dernières années. Je suis venu vous rassurer... tout va rentrer dans l'ordre. Maintenant que je suis là, vous pouvez compter sur moi pour tout arranger.

La cuisinière restait bouche bée, ne sachant que répondre à l'annonce d'une si bonne nouvelle.

— Si vous saviez combien j'ai hâte de goûter à nouveau votre cuisine ! Je n'ai jamais oublié toutes les confiseries que vous me prépariez lorsque j'allais à Oxford...

— Comme le temps passe, monsieur Ivar... pardon, Votre Grâce, balbutia la vieille cuisinière dont le visage avait été soudainement éclairé par un sourire chaleureux.

— Oui, le temps passe..., répondit le duc, songeur.

— Nous avons eu beaucoup de misère, dit la pauvre vieille, et nous serions sans doute morts aujourd'hui si lady Alvina, votre cousine, n'avait pas été là.

— Je suis au courant, Walton m'a dit cela...

— Monsieur le duc nous avait tout bonnement congédiés, sans un sou en poche... après tant d'années de service ! Sans la générosité de votre cousine, nous étions bons pour l'hospice !

— Faites-moi plaisir, madame Johnson, essayez d'oublier tout cela. La guerre est maintenant terminée et je puis vous assurer que tout ici va redevenir aussi merveilleux qu'autrefois.

— Quelle misère que cette guerre ! Quand je pense à ce monstre de Français qui a fait tuer tant de nos garçons ! Pauvre monsieur Richard ! Cela a été un choc terrible pour monsieur le duc !

Une fois encore, l'allusion à la mort tragique du jeune Richard mit le duc mal à l'aise. Il prenait aujourd'hui les fonctions qui, en toute logique, auraient dû revenir au frère d'Alvina, et cela était une position bien inconfortable.

— Allons, allons, Mme Johnson, oubliez toutes ces misères ! Faites-moi confiance, nous allons tous ensemble vers un avenir neuf et plein de bonnes surprises !

Il avait parlé sur un ton qu'il voulait calme et protecteur.

La femme séchait à présent ses yeux humides. Il lui donna une tape amicale sur l'épaule et déclara :

— Désormais, tous les projets sont possibles ! Mais dites-moi, ajouta-t-il sur un ton volontairement désinvolte, j'ai sacrément faim.

A ces mots, la vieille femme se précipita vers les fourneaux.

— Je vais vous faire un dîner comme vous n'en avez jamais mangé !

Le duc, attendri par un tel accueil, se mit à rire de bon cœur.

— J'ai chargé Walton de rapporter les meilleurs produits qu'il puisse trouver, répondit-il.

Et ce fut au tour de la cuisinière de rire.

En attendant, il eut envie de prolonger sa visite des cuisines. Ses souvenirs revinrent en foule lorsqu'il retrouva le placard aux étagères de marbre, sur lesquelles on déposait autrefois d'énormes pots de crème fraîche. Il ne put résister à la tentation de flairer son intérieur sombre et profond. Toutes les bonnes odeurs de son enfance remontaient à la surface.

Il revoyait les mottes de beurre doré, et le délicieux fromage de Jersey qu'il aimait tartiner sur de larges tranches de pain frais !

Il visita ensuite les arrière-cuisines, puis la salle commune où les domestiques avaient l'habitude de se retrouver, l'étrange pièce exclusivement réservée aux couteaux, enfin celle des chaussures. Partout, son cœur se serrait d'émotion.

Un peu plus tard, toujours en pèlerinage, il se retrouva au milieu de la cour. Dans un premier temps, il fut attiré par les écuries. Son valet était justement là, occupé à fermer les boxes.

Le duc, après avoir distraitement lancé un bref coup d'œil en direction du toit, constata que celui-ci avait besoin d'une bonne réparation. Les murs défraîchis nécessitaient quant à eux un sérieux coup de peinture.

Le duc dit à son domestique combien il comptait sur son aide pendant les jours à venir. Celui-ci promit de lui donner satisfaction et, sans plus tarder, courut proposer ses services aux cuisines.

Le duc se félicita d'être tombé sur un garçon aussi vif et débrouillard.

Il poursuivit sa visite en direction du jardin potager, le toit de la maison du jardinier émergeait des feuillages.

Les murs épais qui entouraient le potager piquèrent sa curiosité. Hors de vue du château, l'endroit avait été autrefois un lieu enchanté, propice à mille découvertes merveilleuses. Enfant, Ivar aimait ce petit coin de verdure. Il y allait seul ou avec ses cousins. Là, ils cueillaient les meilleurs fruits du monde. Ils se gorgeaient en cachette de pommes, de pêches, de nectarines et de prunes, jusqu'à écœurement.

Au fur et à mesure qu'il avançait, il appréhendait de ne plus trouver qu'un tapis de mauvaises herbes : la crainte d'une déception fut la plus forte, il préféra tout simplement rebrousser chemin et garder ses souvenirs intacts.

Un peu à l'écart se dressait la maison du jardinier. Il se souvenait avoir vu, des années auparavant, des hommes affairés à tailler les magnifiques rosiers et à entretenir avec le plus grand soin le gazon et les parterres multicolores. Quel bonheur qu'aujourd'hui encore le jardin soit si fleuri !

Il voulut voir s'il y avait quelqu'un et, une fois sur le seuil, frappa trois coups.

Il attendit un court instant, puis une femme d'un âge avancé parut à la fenêtre.

Afin de ne pas l'effrayer, il lui adressa un sourire aimable et se présenta :

— Bonjour, madame Richardson, je suis le duc d'Harlington. Je suis à la recherche de ma cousine Alvina. Ne serait-elle pas chez vous, par hasard ?

La femme, âgée mais encore très coquette, eut quelques difficultés à se courber pour saluer le duc.

Celui-ci, voyant que Mme Richardson hésitait, ajouta :

— Si ma cousine se trouve chez vous, me serait-il possible de la voir ?

Après un bref silence, la femme, qui semblait tout à fait bien comprendre la situation, décréta poliment :

— Lady Alvina est ici, en effet. Mais je crains qu'elle ne veuille vous voir pour le moment.

Le duc, désemparé, se montra plus persuasif.

— Il faut pourtant que je voie ma cousine au plus vite. Il faut absolument qu'elle m'explique ce qui s'est passé au château ces dernières années. Je suis arrivé tout à l'heure de Londres, croyant découvrir un domaine en bon état, au personnel nombreux et accueillant et, au lieu de cela, je me suis trouvé, seul, au milieu de pièces poussiéreuses et de couloirs déserts... Essayez, chère madame, de comprendre mon désarroi. Seule lady Alvina peut clarifier cette situation.

Il avait parlé avec émotion et la femme se montra aussitôt plus compréhensive. Elle dit alors :

— Que Votre Grâce me fasse confiance, je vais essayer d'arranger cela. Il faut dire que la pauvre lady Alvina est arrivée chez moi toute bouleversée, et...

— Croyez bien que j'en suis le premier désolé, coupa le duc, gêné à l'idée que l'institutrice ait été mise au courant de leur querelle.

Mme Richardson descendit ouvrir et pria le duc d'attendre dans la cuisine.

« Quelle curieuse petite maison », se dit Ivar en remarquant combien les portes étaient basses, si basses qu'il dut se baisser au passage de chacune d'elles.

En effet, il s'agissait d'une véritable maison miniature, mais elle était remarquablement bien tenue. « Rien à voir avec le reste du château », se dit le duc.

Dans un coin de la cuisine se trouvait un très vieux fourneau, une table et un buffet. Deux chaises avaient été placées contre le mur opposé.

Des rideaux aux motifs étranges décoraient les fenêtres. Ils étaient terriblement usés et fanés, mais on voyait qu'ils avaient dû être beaux. Leur tissu à ramages de fils d'or n'était pas sans évoquer ceux du château.

Las de rester debout, Ivar s'assit sur l'une des chaises de bois clair. Puis il se prit à imaginer les autres pièces de la maison.

Par la porte entrebâillée, le duc pouvait apercevoir l'escalier de meunier qui permettait de passer du rez-de-chaussée, où se trouvaient la cuisine et un tout petit salon, à la chambre à coucher de l'étage supérieur.

« Comment Mme Richardson peut-elle grimper à cette échelle, elle qui a tant de difficultés à se déplacer ? » se demanda-t-il. Puis il se dit qu'il était tout à fait indécent de loger une femme de cet âge dans des pièces aussi inconfortables. Il ferait, très bientôt, tout son possible pour que l'institutrice fût plus à son aise.

Il savait, cependant, que sa cousine avait fait de son mieux pour loger la pauvre femme congédiée par le vieux duc. Et finalement, peu importait le toit, pourvu que ce ne fût pas celui d'un hospice !

Il en était là de ses réflexions lorsqu'il lui sembla entendre des voix provenant du petit salon. Il crut même reconnaître celle d'Alvina.

Allait-elle accepter de le voir ?

Quelques instants se passèrent et Mme Richardson fit son apparition dans la cuisine. D'un sourire entendu, elle dit simplement :

— Si Votre Grâce veut bien me suivre...

En suivant le couloir très étroit et mal éclairé, le duc se demandait dans quel état il allait trouver sa cousine.

Parvenu dans le petit salon, Ivar, qui redoutait de croiser le regard bleu de la jeune fille, s'attarda sur la disposition de la pièce. Celle-ci, bien que minuscule, était décorée avec goût. Des aquarelles étaient accrochées sur les murs, ainsi que de nombreux dessins d'enfants. Il s'agissait probablement d'œuvres d'anciens petits élèves de l'institutrice.

Le tissu des rideaux, ainsi que celui qui recouvrait les deux petits fauteuils était usé jusqu'à la corde mais il y avait, sur un guéridon, un vase rempli de fleurs et des bibelots. De toute évidence, Mme Richardson, qui n'avait pas de gros moyens, faisait ce qu'elle pouvait pour que son petit intérieur reste accueillant et chaleureux.

Décidément, cette femme était bien sympathique et méritait autre chose que ce logement rudimentaire !

Puis, vint le moment où le duc se décida à regarder dans la direction de sa cousine... Aussitôt, celle-ci se leva, et, les yeux dans les yeux, ils se dévisagèrent quelques secondes sans mot dire.

« Quelle petite mine », se dit Ivar, attristé de voir que la jeune fille était encore bouleversée.

Par discrétion, Mme Richardson préféra les laisser seuls et s'éclipsa sans faire de bruit.

Voyant Alvina si abattue, le duc s'empressa de déclarer :

— Je suis venu vous faire mes excuses.

La jeune fille ne répondit rien ; seuls ses yeux cillaient de temps à autre.

— J'ai parlé avec Walton, il m'a tout raconté ou presque... Comment aurais-je pu deviner pareille misère ? Je sais maintenant combien votre père a été dur avec vous et injuste avec le personnel. Chère cousine, essayez de comprendre ma colère de tout à l'heure ! Je ne savais pas...

A ces paroles, Alvina baissa les yeux et ses longs cils noirs accentuèrent la blancheur nacrée de sa peau.

Ivar, un instant ému, se ressaisit :

— Asseyons-nous, voulez-vous ? Voyez-vous, ma chère cousine, je ne m'explique toujours pas que votre père ait agi de la sorte alors qu'une importante somme d'argent était à son nom à la banque !

— Une importante somme d'argent ? répéta avec étonnement la jeune fille. Voulez-vous dire que nous n'étions pas sans ressources ?

— Mais, voyons, votre père est mort en homme riche ! Comment ne l'avez-vous pas su ?

— Il répétait toujours que nous étions au bord de la ruine, qu'il fallait vivre avec le minimum et ne penser qu'à faire des économies, condamner certaines pièces, congédier les domestiques...

— Je sais tout cela, répondit Ivar compatissant, mais comment avez-vous pu vivre toutes ces années dans la misère alors que tant d'argent dormait à la banque ?

La jeune fille, lointaine, dit alors dans un souffle :

— Papa était si convaincu de n'avoir plus le sou...

— C'est tout simplement incroyable !

— Depuis la mort de mon frère Richard, papa n'était plus le même. Encore qu'il ait commencé à changer de comportement bien avant la terrible nouvelle. Je me souviens en effet que déjà maman lui reprochait de regarder ainsi à la dépense. Elle qui aurait tout donné pour ses enfants !

— Oui, je me souviens de votre mère : quelle femme généreuse et enjouée ! Elle avait, d'ailleurs, organisé à merveille ce qui devait, hélas, être le dernier anniversaire de votre frère.

— Vous savez, maman s'était donné un mal fou ce jour-là. Elle était perfectionniste et terriblement exigeante pour ses enfants. A la mort de mon frère, nous nous sommes efforcés de nous consoler en nous disant que son dernier anniversaire avait été une grande réussite et un grand bonheur.

Les deux jeunes gens parlaient amicalement à présent et le duc poursuivit :

— Je me souviens de votre frère comme d'un bon vivant. Nous avons passé tous les deux à Oxford des années de grande complicité. Il était très intelligent et désinvolte. Il réussissait brillamment et sans effort. Spirituel et de bonne compagnie, il était convié à toutes les soirées. Je me souviens qu'il était à son aise partout et que nous nous entendions à merveille. Il me parlait souvent de vous — il vous appelait sa petite Vina...

Voyant l'expression de profonde tristesse qui noyait les yeux bleus de sa cousine, Ivar s'empressa d'ajouter sur un ton qu'il voulut plus détaché :

— Le jour où nous nous sommes vus pour la dernière fois, il était d'une grande gaieté...

Alvina, soudain au bord des larmes, murmura :

— Si seulement Richard était rentré à la maison, comme ses compagnons... tout, alors, aurait été si différent... Mon père a fini par perdre la raison, vous comprenez ?

Un long silence s'ensuivit. Puis elle ajouta :

— Je ne saurais expliquer ce qui s'est réellement passé... c'est comme si mon père s'était vengé de la mort de son fils... en me coupant les vivres !

Le duc écoutait, interdit, les bribes de phrases qui sortaient de la bouche de sa cousine. « C'était donc ça », se dit-il, bouleversé par ces révélations.

Alvina, consciente de s'être libérée d'un poids qu'elle avait sur le cœur depuis trop longtemps, déclara, suppliante.

— Comprenez-moi, cousin Ivar, je n'avais pas d'autre alternative, pour subsister, que de me séparer de ces fameux... objets...

— Je commence à comprendre, chère cousine. Mais comment se fait-il qu'il n'y ait eu aucun curateur pour vous venir en aide ?

— C'est-à-dire que... l'un est mort avant le départ de mon frère pour la France et l'autre est parti s'installer en Écosse...

— Décidément, la malchance vous poursuivait !

— Je vous assure, cousin Ivar, j'étais seule face à cette terrible situation. Certes, j'aurais pu contacter les autres membres de la famille... si mon père ne s'était pas brouillé avec la plupart d'entre eux quelque temps auparavant ! Savez-vous que certains, voyant qu'il leur avait purement et simplement supprimé leur rente, sont allés jusqu'à lui écrire des lettres d'injures si épouvantables que je n'ai jamais eu l'autorisation de les lire !

— C'est incroyable ! se contentait de répéter le duc stupéfait.

— Je n'ai pas eu non plus recours à nos amis. Mon père avait fini par couper les ponts avec eux aussi. Refusant bientôt leurs invitations, ainsi que tout ce qui pouvait le divertir, il finit par s'isoler avec son journal dans sa chambre. Une seule chose comptait pour lui : le retour de son fils Richard.

Alvina parlait, un sanglot dans la gorge.

— Si mon frère était revenu au château, poursuivit-elle, les choses en seraient allées tout autrement. Papa avait fini par m'ignorer ; il me considérait comme une étrangère. A tous moments, il me faisait sentir combien il était déçu que je ne fusse pas un garçon.

Puis elle s'interrompit, comme si ce qu'elle allait dire par la suite lui faisait honte. Détournant alors son regard vers la fenêtre, elle murmura dans un souffle :

— Je crois bien que papa s'est mis à me haïr après la mort de Richard... Il n'avait plus d'héritier, vous comprenez !

Le duc aurait voulu prononcer quelques paroles réconfortantes mais les mots lui manquaient. Il se contenta donc de contempler la jeune fille qui maintenant lui tournait le dos.

C'était la première fois qu'il pouvait détailler sa mise sans crainte de l'intimider. Il fut d'ailleurs surpris de voir à quel point ses vêtements étaient usés.

Alvina, privée d'argent depuis longtemps, devait avoir très peu de toilettes.

« La pauvre petite », se dit alors le duc. Brusquement, comme si elle avait deviné les pensées de son cousin, la jeune fille se retourna et sécha ses larmes.

— Voyez cette robe... c'est à peu près tout ce que j'ai à me mettre, avec celles que maman a laissées. Heureusement, avec ses doigts de fée, Mme Richardson fait des miracles...

— Peut-être auriez-vous mieux fait, au fond, de vendre les objets, finit par conclure le duc, apitoyé par sa cousine.

— Vous n'y pensez pas ! s'écria Alvina. Moralement, je n'en avais pas le droit : rien de tout cela ne m'appartenait.

— Comment vous est venue l'idée de vous rendre chez ce Pinchbeck ? Qui vous l'avait recommandé ?

La jeune fille retourna s'asseoir dans le petit

fauteuil près de la porte d'entrée et, après une courte hésitation, commença d'expliquer :

— Vous évoquiez, tout à l'heure, vos années de complicité avec mon frère, lorsque vous étiez tous deux à Oxford. Peut-être ne saviez-vous pas que Richard, à cette époque, était couvert de dettes. Il n'a jamais osé en faire part à notre père jusqu'au jour où il n'a pu faire autrement. Bien mal lui en prit ! Il a eu droit ce jour-là à un épouvantable sermon sur sa vie débridée. Mais papa a payé les dettes, de très mauvaise grâce. Le plus terrible de l'histoire est que d'autres dettes devaient bientôt surgir.

— Que s'est-il passé, alors ? coupa le duc stupéfait par cet aspect de la vie de son cousin dont il ignorait tout.

— Cette fois-là, c'est à moi qu'il s'adressa... que pouvait-il faire d'autre ?

— Mais vous n'étiez qu'une enfant incapable de le tirer d'affaire !

— Bien sûr, je n'avais rien. Mais, peu de temps avant, j'avais lu, dans un gros livre qui traînait à la bibliothèque, quelque chose concernant les différents moyens d'emprunter de l'argent... Je me souviens avoir demandé à Mme Richardson de m'expliquer certains mots trop compliqués. Ainsi donc, devant l'embarras de mon pauvre frère, je l'informai aussitôt de mes lectures. Quel soulagement ! Il était si heureux et si fier de moi qu'il criait à tue-tête que j'étais sa petite sœur chérie, la plus formidable au monde...

— Et ensuite ?

— Ensuite, Richard a tout bonnement décidé de se séparer de ses magnifiques boutons de manchettes en or ainsi que de quelques autres objets précieux. Jamais je n'oublierai ce jour extraordinaire où il me fit danser dans sa chambre en chantant : « J'ai la petite sœur la plus intelligente du monde ! »

— C'est donc ainsi que vous avez fait la connaissance de Pinchbeck ?

— Oui, mais mon frère devait récupérer son bien peu de temps après car papa, un jour où il était de bonne humeur, se montra généreux et lui donna une somme rondelette.

— Vous pouvez remercier le ciel d'être tombée sur un honnête homme. Il a peut-être été tenté à plusieurs reprises de vendre les objets que vous lui aviez confiés, mais l'essentiel est qu'il n'en ait rien fait, du moins jusqu'à ce matin, à Berkeley Square...

— Sachez, cher cousin, que je comprends votre colère de tout à l'heure, dit Alvina timidement.

— Maintenant que je connais les faits, je ne peux que regretter ce mouvement d'humeur. Je suis sincèrement navré de vous avoir si mal jugée, Alvina. Je vous demande pardon.

Les deux jeunes gens se regardèrent, un instant silencieux, puis la jeune fille interrogea :

— Est-il indiscret de vous demander ce que vous souhaitez faire de la somme d'argent dont vous avez hérité ?

— Pas le moins du monde, voyons ! Je compte rendre ce château aussi somptueux que je l'ai connu dans le passé. Et pour ce faire, sans doute est-il urgent de nous occuper en premier lieu de trouver des domestiques...

— De *nous* occuper ? Est-ce à dire que je resterai à vos côtés ? interrogea prudemment la jeune fille.

— Bien sûr, chère Alvina. J'ai besoin de votre aide !

— De mon aide ? Vous ne pourriez me rendre plus heureuse !

Devant tant de spontanéité, le duc ajouta avec un sourire :

— Qui d'autre que vous pourrait me montrer le chemin ?

— Alors, commençons tout de suite, voulez-vous ?

— Très bien ! Je vous écoute.

— Je vais, dans un premier temps, vous montrer le livre des dépenses. Ainsi, vous pourrez juger de la situation de ces dernières années. Vous comprendrez alors combien nos pauvres domestiques ont souffert, mais également les fermiers et leurs familles.

Comme le duc paraissait étonné, elle précisa :

— Oui, mon père a causé beaucoup de misère à nos pauvres fermiers. Du jour où ils n'ont plus eu suffisamment d'argent pour payer leur loyer, il les a renvoyés eux aussi, les uns après les autres ! Chaque fois que je le pouvais, je déposais un objet de valeur chez l'usurier...

— ... Et vous alliez voir votre père avec la somme que vous aviez réussi à obtenir ?

Alvina acquiesça et le duc continua, étonné :

— Votre père a-t-il toujours été dupe de ce manège ?

— Grâce à Dieu, il vivait à l'écart, dans sa chambre, et ne se rendait compte de rien... d'absolument rien !

— C'est une chance, soupira Ivar.

— Mon père serait allé jusqu'à fermer le château tout entier, à l'exception d'une partie des cuisines. Et bien sûr, il aurait conservé son valet personnel auquel il tenait beaucoup.

— A propos, qui donc s'occupait de l'entretien du château ? demanda le duc, qui avait déjà sa petite idée sur la question.

— Vous savez, mon père m'a toujours considérée comme sa domestique...

A ces mots, Ivar ne put s'empêcher de réagir violemment :

— Votre père avait perdu la raison !

— Oui, la mort de mon frère l'avait transformé. Ma présence à ses côtés l'excédait. Combien de fois l'ai-je entendu se lamenter : « Si seulement j'avais un deuxième fils ! »

Il était évident qu'Alvina souffrait terriblement à l'évocation d'un souvenir comme celui-ci. Mieux valait changer de sujet.

— Et qu'est-il advenu du valet de votre père ?

— Le pauvre homme avait si peur de se retrouver lui aussi à l'hospice qu'il a travaillé jusqu'à sa dernière heure !

— Je comprends, dit le duc.

— Voyez-vous, la seule chose que je regrette terriblement aujourd'hui, c'est de n'avoir pas cherché à savoir si ce manque d'argent dont mon père se plaignait sans cesse était réel. Les pauvres métayers ont vécu de pénibles moments dans leurs fermes qui se détérioraient toujours plus, alors que les travaux ne se faisaient pas. Toutes ces fuites d'eau, ces murs écroulés, ces outils à réparer !

— Ma pauvre Alvina, cette époque a été pour vous un véritable cauchemar.

— Oh oui ! Me croirez-vous si je vous dis que je ne me suis jamais séparée d'un objet du coffre-fort sans un pincement au cœur ? Parfois

même le sentiment de ma culpabilité me harce-
lait des nuits durant! J'avais l'impression de
trahir notre famille. J'espère avoir réussi à vous
convaincre du contraire. Car rien ne comptait
plus pour moi à l'époque que de venir en aide
à ces pauvres gens. Sans moi, je sais qu'ils
seraient tous morts de faim, abandonnés à leur
triste sort.

— Ne vous inquiétez pas, Alvina. J'ai compris
vos intentions. Et je ne puis que vous en féliciter. Car, malgré votre jeune âge, vous avez fait
preuve d'une grande maturité.

— Maintenant que vous êtes parmi nous, je
veux croire que tout va redevenir comme avant,
comme au bon vieux temps.

— Je ferai tout ce qui est en mon pouvoir
pour que les gens qui vivent dans ce duché
soient heureux. Cela ne devrait pas être trop difficile, étant donné la fortune que votre père m'a
léguée...

— Une fortune, vraiment? dit Alvina, son-
geuse.

— Vous me parliez tout à l'heure de ce livre
de comptes... Si nous allions le consulter
ensemble?

Alors que tous deux se dirigeaient vers la
porte, Ivar dit encore:

— Vous savez sans doute qu'en tant que successeur de votre père, je dois me présenter à
chacun des habitants du duché. Et comme vous
m'accompagnerez, il va falloir songer à vous
trouver un chaperon.

Comme la jeune fille le regardait sans comprendre, il ajouta:

— Peut-être saurez-vous persuader Mme Richardson de venir vivre au château avec

nous ? Ainsi votre chaperon serait-il tout trouvé !

Alvina, à la grande stupéfaction de son cousin, éclata alors d'un rire spontané.

— Pour une jeune fille qui a besoin d'un chaperon, j'ai déjà affronté des épreuves dignes d'un homme ! La vie a été si difficile ces dernières années ! Quant à Mme Richardson, ce sera pour elle une grande joie que de quitter cette pauvre petite maison. Elle y est restée cachée de papa beaucoup trop longtemps.

— Lorsque j'ai vu tout à l'heure cette femme distinguée, je me suis demandé comment votre père avait trouvé le courage de se séparer d'elle après qu'elle eut passé tant d'années à son service.

— Pour mon père, Mme Richardson représentait une bouche de plus à nourrir. Il n'a donc pas hésité à s'en séparer !

Tout cela était bien injuste et le duc en avait des frissons. Aussi déclara-t-il, avec un détachement feint :

— Chère cousine, je propose que nous fassions définitivement une croix sur ce passé cruel et que nous fêtions plutôt les années de très grand bonheur à venir !

La jeune fille le regardait, éblouie par tant d'optimisme.

— Et si nous buvions une coupe de champagne ? proposa-t-il.

— Vous êtes merveilleux, mon cousin ! Nous avons d'excellentes bouteilles au château. Lorsque papa a commencé ses restrictions, j'ai eu l'idée d'en cacher quelques-unes dans le fond de la cave.

Elle se mit à rire en évoquant ce souvenir.

— Je vois que vous connaissiez déjà les bonnes choses ! plaisanta Ivar.

— A vrai dire, j'ai caché ces bouteilles pour une raison précise. Lorsqu'il a été question que mon père congédie Walton pour le remplacer par un domestique qui lui serait revenu moins cher, j'ai eu très peur. En effet, on disait tant de choses sur les gens qui erraient çà et là, sans travail. Je craignais qu'il n'engage le premier venu, un vagabond quelconque ! Ces gens-là, dit-on, boivent énormément et finissent par devenir dangereux !

A ces mots, le visage du duc s'assombrit. Il se rappelait la guerre, les bandes de déserteurs français et leurs pillages incessants. Il demanda alors :

— Ces gens sans emploi ont-ils causé de graves problèmes en Angleterre ?

— Jugez vous-même : il ne se passait pas un jour sans que la presse ne rende compte d'une émeute, d'un vol, d'une bagarre... que sais-je encore ? (Puis, n'y tenant plus, elle laissa parler son cœur.) Voyez-vous, cousin Ivar, une chose me révolte encore aujourd'hui. Je trouve tout à fait inadmissible que des hommes — de vaillants soldats, selon Wellington — se soient battus pour la liberté de notre pays et soient rentrés chez eux les mains vides ! Sans pension ni médaille !

Le duc savait tout cela. Consterné, il demeura silencieux.

— Quelle terrible injustice ! dit Alvina. Et que dire encore des blessés ! Comment, alors, ne pas succomber à la tentation de voler à droite et à gauche, afin de ne pas mourir de faim ? Qui pourrait leur en vouloir ?

La jeune fille avait le cœur gros et son cousin

se sentit coupable. Combien de banquets avait-il organisés pendant ce temps-là à Paris ? Que d'argent gaspillé à des futilités quand d'autres vivaient dans la misère la plus totale !

« Quand je pense qu'Isobel exigeait qu'à chacune de nos rencontres je lui offre un magnifique bouquet d'orchidées ! » songea Ivar, honteux de son insouciance d'alors.

Alvina, qui avait retrouvé son calme et son sourire, conclut en ces termes :

— Maintenant que vous êtes duc d'Harlington, peut-être allez-vous pouvoir contribuer à ce que la guerre ne revienne jamais plus !

Ce soir-là, les deux cousins dînèrent de fort bon appétit. Il faut dire que les femmes aux cuisines avaient fait des merveilles. Mme Johnson avait préparé en l'honneur d'Ivar une succulente tarte aux fraises des bois.

— Cette tarte est un véritable enchantement pour le palais ! avait déclaré le duc qui avait retrouvé sa bonne humeur.

Alvina, elle aussi, se régalait et arborait un sourire ravi. Puis ils étaient passés au salon. Là, Walton aidé d'autres domestiques leur avait servi du champagne.

Ils étaient confortablement installés dans de gros fauteuils recouverts de tissu à ramages lorsque le duc fit à nouveau allusion au merveilleux dîner qu'ils venaient de déguster :

— J'ai été très touché par le geste de Mme Johnson à mon égard. Sa tarte était tout simplement divine. En vérité, ma chère cousine, j'ai toujours eu un faible pour ses délicieux desserts.

Puis ils trinquèrent.

— Les domestiques ont tous été heureux d'apprendre que le titre de duc vous revenait. Mon frère n'étant plus de ce monde, ils craignaient, et moi avec eux, que le successeur de mon père ne soit... cet horrible Jason !

Surpris, le duc demanda :

— Avez-vous déjà rencontré notre cousin Jason ?

— Figurez-vous qu'un jour, il s'est tout simplement invité au château. C'était après la mort de mon pauvre frère. Il ne cessait d'aller et venir, fouinant dans chacune des pièces, exactement comme s'il avait été chez lui ! J'avoue que j'ai été très choquée par son comportement, mais je n'osais rien dire. Tout en arpentant les différentes salles, il maugréait et pestait contre vous ! Il espérait que vous seriez tué à votre tour. Ainsi, le titre de duc lui serait revenu. Cet homme est foncièrement mauvais, je le sens...

Le duc, après un instant, dit à son tour :

— J'ai appris récemment que Jason cherchait à se procurer une importante somme d'argent, tout simplement dans le but de racheter mon titre de duc ! Le pauvre bougre est persuadé, sans doute, que je resterai célibataire toute ma vie et que je n'aurai jamais d'héritier !

Ivar éclata de rire. Mais la jeune fille ne put dissimuler son inquiétude.

— Méfiez-vous de cet homme, mon cousin. Il a un mauvais fond et serait capable d'aller très loin pour arriver à ses fins.

Elle eut alors un petit air entendu qui ne manqua pas de faire rire de nouveau son compagnon.

— N'ayez crainte, chère Alvina, ce Jason ne me fait pas peur !

— Pourtant, cet homme me fait l'effet d'être impitoyable, tant il semble obnubilé par ses propres intérêts. Mais il est possible aussi que je me fasse des idées... Vous comprenez, j'ai une fâcheuse tendance à me fier à mon intuition, qui jusque-là ne m'a jamais trahie, il faut bien l'avouer !

— Seriez-vous, à vos moments perdus, une petite sorcière ? plaisanta Ivar.

— Pas le moins du monde ! Encore que... Vous savez bien que les Harling, issus de races très mélangées, ont du sang celte dans leurs veines.

Le duc parut surpris et Alvina ajouta presque aussitôt :

— Mon arrière-grand-mère était écossaise, ma grand-mère irlandaise ; quant à ma mère, elle était originaire du pays de Galles.

— De mon côté, mon arrière-grand-mère était scandinave. D'où mon prénom. Mais je dois avouer que je préfère effectivement juger les gens de manière instinctive, plutôt que d'après leurs références. Il est rare que je me trompe sur la personne !

— Pourtant, vous avez fait erreur, il me semble, sur la mienne ? dit Alvina, taquine.

— C'est exact. Et j'en suis navré.

— Dites-moi ce que vous avez réellement pensé de moi ? M'avez-vous prise pour une voleuse ?

— Jamais je n'ai pensé à vous en ces termes ! protesta Ivar. A dire vrai, j'ai plutôt imaginé que vous entreteniez un amant en cachette de votre père.

A ces mots, Alvina éclata de rire.

— Quelle imagination, en effet ! C'est d'autant

plus amusant que je n'ai pour ainsi dire pas rencontré d'homme depuis des années ! Papa refusait absolument toutes les invitations qui pouvaient lui être adressées et nous avions fini par vivre cloîtrés entre les murs de ce château !

— Quelle triste vie pour une jeune fille !

— Heureusement que Mme Richardson, mon institutrice, me procurait de bons livres. Elle m'a énormément aidée, elle a pour ainsi dire remplacé ma pauvre maman. Savez-vous que son père était un brillant professeur à Oxford ? Il a d'ailleurs écrit plusieurs livres qui traitent de l'histoire romaine. Tous ont connu un immense succès.

— Je vois que vous avez été à bonne école.

— Oui, c'est une femme merveilleuse et elle m'a beaucoup appris. Et je vous remercie aujourd'hui de l'accepter parmi nous au château. Qu'aurais-je fait sans elle ?

— Vous devriez l'inviter à venir dîner avec nous demain soir, dit le duc.

— Je crains qu'elle ne préfère rester chez elle pour le moment. La pauvre souffre terriblement de ses jambes depuis quelques jours.

— Je vais me mettre à la recherche du meilleur médecin. Il faut absolument que cette excellente femme guérisse au plus vite. En attendant, l'humidité, dans la petite maison que j'ai vue tout à l'heure, n'arrange pas les choses !

— Comme vous êtes bon ! soupira Alvina.

Auprès de son cousin, elle se sentait protégée. Depuis son arrivée au château, les choses semblaient rentrer dans l'ordre, comme par miracle.

— Comment pouvez-vous être aussi généreux ? demanda-t-elle, émue.

Le duc alors s'approcha doucement et posa ses mains sur celles, tremblantes, de la jeune fille. Tout d'abord hésitante, elle lui confia timidement :

— Dire qu'il m'est arrivé de vous détester ! Non seulement pour avoir pris la place de mon frère, mais aussi pour n'avoir jamais daigné répondre à mes lettres !

— Je suis sincèrement navré d'avoir été la cause de tels tourments.

— Ce matin encore, vous étiez terriblement fâché après moi ! Votre colère, si injuste, m'a fait très mal ! Après tant d'années...

— N'en parlons plus, voulez-vous ? dit tendrement Ivar. Ainsi donc, nous avons la preuve que nos instincts nous font parfois commettre des erreurs ! Nous avons gâché nos retrouvailles. Chère Alvina, si nous recommencions tout à zéro ?

— Mais grâce à vous le château est déjà reparti sur de nouvelles bases ! Voyez plutôt : Walton m'a fait part de l'arrivée de trois nouvelles filles de cuisine ; demain, ce sera le tour des valets et il semblerait que d'anciens employés aient demandé à reprendre du service ici même.

Une émotion immense lui noua brusquement la gorge et, dans un sanglot qu'elle tenta d'étouffer, elle murmura :

— Cher cousin... merci, mille fois merci, au nom de tous ceux qui vivent au château. Désormais, vous êtes notre force, notre seul espoir. Le chef de famille que nous attendions tous.

4

Dès le lendemain matin, Alvina emmena son cousin faire une promenade à cheval autour de la propriété. Ils comptaient en profiter pour rendre visite aux nombreux fermiers.

Les chevaux du duc étaient des bêtes remarquables et la jeune fille constata combien elles étaient différentes de celles qu'elle avait à l'écurie.

Aussi était-ce avec une joie presque enfantine qu'elle trottait à présent à ses côtés. Elle semblait à son aise, malgré l'étroitesse de ses vêtements. Depuis qu'elle était enfant, elle avait toujours su monter avec la même grâce. Par la cambrure de son corps mince et son élégance naturelle, elle faisait une cavalière vraiment exceptionnelle.

Son cousin eut tôt fait de le remarquer et en fut très fier. Et pour la première fois, il se rendit compte qu'elle était fort séduisante.

Il était souvent monté à cheval, tantôt au bois de Boulogne, à Paris, tantôt à Vienne. Chaque fois, il avait été accompagné par des femmes distinguées, excellentes cavalières de surcroît. Mais, aujourd'hui, c'était sa cousine Alvina qui faisait toute son admiration.

Celle-ci, en outre, paraissait être en pleine forme, alors que les deux jeunes gens s'étaient couchés fort tard la veille au soir.

Ivar avait passé la moitié de la nuit à compulser avec beaucoup de sérieux le livre des dépenses du château. Il avait eu ainsi un petit aperçu des sévères restrictions ordonnées par le vieux duc.

Alvina avait payé en priorité les gages des domestiques les plus âgés. Ceux-là même qui devaient être renvoyés. Bien sûr, elle avait fait son possible pour éviter ces licenciements et le vieil homme, retranché dans sa chambre, n'en avait jamais rien su.

Alvina avait expliqué à son cousin que les Walton, Mme Johnson et Emma étaient bien trop âgés pour quitter la propriété. Jamais ils n'auraient retrouvé de travail. La situation était différente pour les jeunes domestiques; ceux-ci, pourtant, avaient été très affectés par leur renvoi. Après tout, leur nom était inscrit, depuis des générations, au service de ce château ! Il y avait de quoi ressentir quelque amertume.

Le duc avait promis une nouvelle fois qu'il ferait son possible pour que, tôt ou tard, ces domestiques reviennent travailler dans le domaine.

Puis Alvina lui avait raconté que son père avait voulu également se séparer de presque tous ses chevaux. Elle était tout de même parvenue à épargner deux d'entre eux : l'un, si vieux que personne n'en aurait voulu ; l'autre, son préféré, qu'elle montait depuis son plus jeune âge et qu'elle avait appelé Rufus.

La jeune fille avait pris des initiatives dignes

d'une femme mûre. Plein d'admiration, son cousin l'en avait félicitée.

Les deux jeunes gens trottaient maintenant sur les terres du duché. Les premiers fermiers auxquels ils rendirent visite étaient les Henderson.

En voyant ces humbles paysans sur le pas de leur porte, le duc se dit qu'il aurait été incapable de leur couper les vivres.

— Rendez-vous compte, dit Alvina, ces braves gens travaillent pour le château depuis cinq générations !

Le duc écouta très attentivement les questions matérielles que les Henderson lui exposèrent et en prit bonne note. Tantôt il s'agissait du toit qui fuyait, tantôt d'un mur qui s'était écroulé, parfois aussi des animaux qui mouraient et n'étaient pas remplacés. Le duc entendit même certains dire que les choses avaient été moins pénibles en période de guerre !

De fait, au lendemain de la chute de Napoléon, le pays, comme toute l'Europe, avait connu une grave crise : les terres qui avaient été exploitées pour les besoins de la guerre étaient devenues fort peu rentables, surtout quand le cours du blé avait brusquement chuté.

Ivar et Alvina écoutaient avec compassion le désespoir des uns, les doléances des autres. Bien sûr, il n'était pas question de pardonner aujourd'hui le comportement du vieux duc ; cependant, étant donné toutes ces misères et la situation aléatoire de l'époque, sa réaction devenait plus compréhensible. Mais désormais, d'une manière ou d'une autre, il faudrait s'employer à améliorer la vie des paysans.

Si le duc savait que la tâche ne serait pas trop ardue, il souffrait de voir qu'il était trop tard pour les milliers de soldats qui n'étaient pas rentrés chez eux à la fin de la guerre.

Néanmoins, il promit à ses fermiers des jours meilleurs et tous le remercièrent chaleureusement.

— J'espère que je n'ai pas fait preuve d'un optimisme démesuré en leur promettant de leur trouver de bons acheteurs pour leur blé.

— Le plus important est de permettre à chacun de travailler.

Ils traversèrent des villages reculés et partout, les plaintes étaient les mêmes. Parfois ils apercevaient sur le bord des chemins des hommes en haillons, errant, les yeux dans le vague. A eux aussi il faudrait trouver du travail...

Le duc pensa alors avec satisfaction à tous ceux qu'il allait dans un premier temps employer au château. Alvina lui avait suggéré de faire appel au vieux chef jardinier qui avait quitté le domaine depuis les fameuses restrictions. Peut-être serait-il heureux de se sentir à nouveau utile. En effet, trop âgé pour travailler lui-même, il pourrait former un jeune apprenti qui peu à peu le remplacerait. Personne ne saurait mieux que lui à quel endroit planter telle ou telle variété de légume. Il faudrait également trouver un homme de confiance pour l'intendance.

Le lendemain, ils visitèrent encore quelques fermes ainsi qu'un orphelinat et une école, tous deux vides et abandonnés depuis maintenant plus de trois ans.

Puis Alvina conduisit son cousin dans des églises qui, pour la plupart, tombaient en ruine.

« Quelle désolation ! » s'était dit le duc tout au long de sa visite du duché.

Les jeunes gens, un peu fatigués, firent halte dans une coquette petite auberge, sur le bord du chemin. Une brave femme leur servit un repas frugal qui leur fit le plus grand bien. Ils dégustèrent avec appétit un excellent fromage sur de larges tranches de pain frais et burent du cidre de la ferme voisine.

De retour au château, tard dans l'après-midi, le duc éprouva soudain une grande lassitude. Il y avait tant de problèmes à résoudre !

Curieusement, la jeune fille, pleine d'entrain, allait d'une pièce à l'autre, légère comme un papillon. La venue de son cousin lui semblait un tel miracle que les responsabilités qui, jusque-là avaient pesé lourd sur ses frêles épaules, s'étaient comme envolées ! Elle se surprenait même à chantonner...

Ensemble, ils profitèrent de cette soirée au coin du feu pour mettre sur pied de nombreux projets.

Puis le duc en vint à des questions plus personnelles.

— Et si nous parlions un peu de vous, chère Alvina ?

— Que voulez-vous savoir ?

— Vous êtes encore bien jeune, poursuivit le duc, mais il est grand temps pour vous de faire votre entrée dans le monde et de rencontrer le prince régent. Certes, il faudra attendre que la période de votre deuil soit terminée et...

— Et que se passera-t-il ? interrogea Alvina, soudain anxieuse.

— Il va de soi que je mettrai Berkeley Square à votre disposition.

La jeune fille resta muette, le regard lointain, comme absente.

— Voyons, Alvina, une telle perspective ne vous fait-elle pas plaisir ? questionna Ivar, surpris par le manque d'enthousiasme de sa cousine.

— C'est-à-dire que... je préférerais tellement rester ici, à vos côtés.

— Rester ici ? Mais vous n'y pensez pas ! Vous ne pouvez gâcher ainsi votre jeunesse ! Il n'y a au château que de vieux domestiques. La vie serait triste à mourir...

A ces mots, la jeune fille se leva brusquement et alla se placer devant la fenêtre. Debout, silencieuse, elle resta ainsi de longues minutes.

Le duc ne savait trop quelle attitude adopter. Il l'observa à son insu et constata qu'elle possédait une grâce naturelle que bien des femmes, sans doute, lui auraient enviée.

Alvina portait ce soir-là une robe en mousseline blanche que lui avait confectionnée la chère Mme Richardson. Le tissu vaporeux accentuait encore la finesse de sa taille. La jeune fille était si menue qu'il était évident qu'elle n'avait pas mangé à sa faim depuis bien longtemps.

En effet, à l'époque des restrictions, les domestiques avaient eu ordre de ramasser tout ce qu'ils trouvaient dans la nature, pourvu que cela se mangeât ! Ainsi, on était allé jusqu'à attraper des lapins au collet dans le parc même. De même, tous les œufs, qu'ils fussent de poules ou d'autres oiseaux, faisaient des omelettes au goût indéfinissable. Alvina n'avait sans doute pas eu tellement d'appétit pour ces aliments étranges.

« La pauvre enfant ! » se répétait le duc.

Puis, voyant que le silence de sa cousine persistait, il en vint à se demander pourquoi la jeune fille était si peu enthousiaste à l'idée d'aller à Londres. Il s'apprêtait à la questionner une nouvelle fois mais elle parla la première :

— Je crois, cousin Ivar, que partir pour la capitale serait une erreur... Si vous ne voulez pas de moi au château, alors permettez-moi au moins de rester auprès de Mme Richardson, qui est comme une mère pour moi.

Elle semblait au bord des larmes et le duc, qui ne comprenait pas la raison de cette tristesse, se voulut réconfortant :

— Voyons, Alvina, votre institutrice est âgée et sa compagnie des journées durant ne vous apportera rien de bon. Vous êtes jeune ! La vie vous ouvre les bras, il vous faut aller vers elle. C'est une chose toute naturelle pour une jeune fille. Si votre mère était encore de ce monde, elle vous aurait parlé de même... croyez-moi.

Alvina regarda son cousin et répondit, bouleversée :

— N'êtes-vous pas tout simplement en train de chercher — avec tact, je le reconnais — à m'éloigner de vous ? De votre vie d'homme ? Après tout, vous songez peut-être à vous marier bientôt !

Ivar l'interrompit avec une pointe d'irritation dans la voix :

— Ne faites pas la sotte, je vous prie ! Je n'ai aucune intention d'épouser qui que ce soit pour le moment et ce pour très longtemps ! Que ce soit bien clair entre nous !

En effet, comment imaginer la belle Isobel, sa maîtresse du moment, passant ne fût-ce qu'une heure dans un château comme celui-ci ? Une femme comme elle avait trop d'exigences et la vie au château, pour l'instant du moins, était loin d'être confortable !

Il ne put s'empêcher alors de comparer la belle, égoïste et capricieuse, à sa docile et dévouée cousine.

Pour Isobel, il faudrait organiser soirée sur soirée et convier des hommes raffinés et spirituels. La jeune femme aimait tant s'habiller et s'amuser ! Elle était bien dépensière et difficile à satisfaire, cependant. Ivar savait pertinemment qu'elle ne rêvait que de mener grand train à Berkeley Square.

— Je vous en supplie, Ivar, gardez-moi auprès de vous ! Ce monde auquel vous faites allusion m'effraie ! Jamais, je ne pourrai m'y faire... je suis si timide !

— Il n'y a aucune raison pour que vous vous tourmentiez ainsi. Les gens en société sont comme vous et moi. Et soyez certaine qu'il y a une place pour vous parmi eux. Vous verrez, vous y serez très heureuse.

Malgré la douceur de la voix du jeune homme, Alvina restait de marbre.

« Comment faire pour convaincre cette enfant ? » se dit le duc, dans un soupir embarrassé.

Toutefois, il était conscient que, pour sa cousine, quitter le château et les gens simples de son enfance, tels que domestiques et fermiers, ne serait pas une mince affaire. D'autant que les gens qu'elle rencontrerait en ville seraient immanquablement égoïstes et extravagants.

Après toutes ces années passées dans de vieux habits râpés à chevaucher en toute liberté dans le grand parc du château, Alvina aurait-elle envie de passer des heures à se coiffer et à se parfumer avant de se rendre à une soirée où, de toutes façons, elle serait toujours considérée comme une pauvre petite provinciale ?

Certes, elle était gracieuse et jolie, mais, hélas, cela risquait de ne pas suffire tant les gens de la haute société étaient cruels. Ivar pensait à toutes ces dames de la capitale qui avaient une passion effrénée pour les belles toilettes : c'était à qui porterait la robe la plus luxueuse.

Le duc ne connaissait que trop le monde superficiel et scintillant de ces coquettes.

— A Londres, vous pourrez renouveler votre garde-robe. Quelle jeune fille résisterait à pareille tentation ? s'exclama le duc qui cherchait des arguments de poids pour convaincre sa cousine.

Ses yeux croisèrent le regard chagriné d'Alvina. Embarrassé, il s'empressa d'ajouter :

— Cette robe de mousseline vous va à ravir... mais ne dit-on pas que le tableau le plus beau l'est bien davantage encore quand il est bien encadré ?

— J'ai comme la fâcheuse impression que vous cherchez maintenant à me flatter. Quelle idée avez-vous donc derrière la tête, mon cousin ? N'ayant pas été habituée aux compliments, je m'en méfie un peu. Certes, ce n'est pas l'envie de changer de garde-robe qui me manque, seulement...

— Seulement quoi ?

— Seulement, j'ai peur que, une fois que je serai loin de vous, vous ne m'oubliiez ! Et si vous refusiez tout à coup que je revienne au château ?

— Comment pouvez-vous imaginer une chose pareille ? Vous êtes ici chez vous et les portes de cette demeure vous seront toujours ouvertes !

— Et qu'adviendra-t-il de moi lorsque vous vous marierez ?

— Je croyais m'être bien fait comprendre tout à l'heure !

— Oui, je sais... mais... un jour, il faudra bien...

— Et pourquoi donc, s'il vous plaît ?

— Tôt ou tard, il faudra vous marier et avoir un enfant. Un fils, de préférence, afin qu'il soit votre héritier. A moins que vous ne préfériez que Jason prenne votre place !

— Écoutez, je compte, dès mon retour à Londres, m'entretenir avec notre cousin. Vous n'avez donc aucune raison de vous inquiéter.

Puis, se faisant plus autoritaire, il poursuivit :

— Pour l'amour de Dieu, Alvina, cessez donc de vous tourmenter ainsi ! Quand donc allez-vous penser un peu à vous et à votre avenir ?

— Mon avenir n'est pas à Londres, affirma-t-elle.

— Mais enfin, ravissante comme vous l'êtes, vous devez commencer à vous soucier de vous-même !

Toute rougissante sous le compliment de son cousin, elle voulut se détourner mais il poursuivit :

— Comprenez qu'en tant que représentant de la famille, je dois veiller sur vous. En échange, vous me devez obéissance. Votre père n'est plus et, en prenant sa succession, je suis devenu du même coup responsable de sa fille.

Elle le regarda alors avec malice et dit en élevant la voix :

— Et si je refusais ?

— Je serais, dans ce cas, forcé de vous punir !

— Et de quelle manière, s'il vous plaît ?

Le duc fit volontairement tarder la réponse. Puis il reprit :

— Je pourrais par exemple décommander les superbes chevaux que je comptais vous offrir. Ou bien encore annuler le bal que je désirais organiser afin de vous présenter à mes amis...

— Un bal ? répéta la jeune fille, stupéfaite.

— Oui, un bal somptueux où vous auriez appris à danser cette toute nouvelle valse qu'est venue danser à Londres la princesse de Lieven.

Rêveuse, Alvina vint s'asseoir sur le petit sofa, non loin de son cousin.

— Un bal ?... la valse ? murmura-t-elle doucement.

— Mon retour doit être l'occasion d'une fête spectaculaire !

« Ce château a été une véritable cage ! » se dit Ivar en regardant sa jolie cousine.

Cette dernière n'était plus une enfant et il était grand temps de la présenter à des jeunes gens de son rang.

— Petite fille, je rêvais d'aller au bal dans des robes aussi merveilleuses que celles que portait maman pour danser... Dieu, comme elle était belle !

— Il ne tient qu'à vous de réaliser ce rêve, déclara Ivar.

— Mais, j'y pense, il va falloir cirer la salle de bal. Il y a si longtemps qu'elle n'a pas servi, se lamenta la jeune fille. Pourvu que les souris n'aient pas fait trop de dégâts !

— Quand cesserez-vous donc de vous tourmenter ainsi ? Nous prendrons tout le temps qu'il faudra pour organiser cette grande fête.

Vous verrez, ce sera un moment inoubliable !

— J'ai peur de ne pas être à la hauteur d'une telle organisation. Cela me semble irréalisable !

— Chère cousine, il faut que vous sachiez qu'avec moi rien n'est impossible. Je dispose de beaucoup d'argent et je crois savoir que nombreux sont ceux qui cherchent du travail. Il y aura de quoi occuper tous ces hommes et ces femmes.

— Avec vous, mon cousin, tout paraît si facile !

— Vous le savez, je vais devoir m'absenter quelques jours et retourner à Londres. Vous commencerez seule les premières transformations au château.

— Vous pouvez compter sur moi, dit fièrement Alvina.

— Là-bas, j'essaierai de vous trouver une bonne couturière qui soit capable de confectionner les robes les plus somptueuses. Lorsque vous viendrez à Berkeley Square, vous vous ferez accompagner par Mme Richardson.

— Mais je ne veux pas être une « débutante », protesta la jeune fille.

— Écoutez, ma cousine, sachez une bonne fois pour toutes que nous avons tous deux des obligations qui nous incombent et qu'il est de notre devoir de nous y tenir ! Me suis-je bien fait comprendre ?

Elle sut alors qu'il était vain de s'opposer à la volonté d'Ivar.

— De même que j'aurai besoin de votre aide afin de gérer au mieux mon héritage, de même mes conseils vous seront certainement utiles en ce qui concerne votre avenir, déclara-t-il encore.

Le moment arriva où les jeunes gens, las

d'avoir tant bavardé, se décidèrent à rejoindre leurs chambres respectives. Dans l'escalier, Alvina ne put s'empêcher de demander :

— Comment pouvez-vous être certain que Londres pourrait faire mon bonheur ?

Étrangement, et sans trop savoir pourquoi, Ivar se sentit soudainement en proie à la tristesse. L'air préoccupé, il dit alors, sur le ton de la confidence :

— Je suis persuadé que vous serez la première surprise par le succès qui vous attend parmi ces gens de la haute société ! J'ai même peur que très vite ce succès ne devienne pour vous une chose banale... qui risque de vous transformer.

Alvina écoutait avec beaucoup d'attention.

— Je sais, hélas, pour l'avoir maintes fois vécu, comment cette situation risque d'évoluer. Vous découvrirez le luxe, mais celui-ci vous lassera bien vite. Vous commencerez à faire des caprices, puis viendront les inévitables reproches.

— Comment pouvez-vous imaginer une chose pareille de ma part, mon cousin ? s'insurgea la jeune fille. Moi qui ne sais comment vous exprimer ma gratitude... Vous êtes l'homme le meilleur que je connaisse !

Elle se tut quelques secondes puis reprit tout bas :

— Ah ! je voudrais un jour pouvoir vous dire toute ma reconnaissance.

Puis un silence pesant sembla s'abattre sur la demeure. Alvina, intimidée par toutes ces nouveautés, sentit le feu sur ses joues. Jamais, elle n'avait parlé avec autant de passion...

Bientôt s'installa une espèce de gêne : les deux

cousins se souhaitèrent une bonne nuit et se séparèrent en haut de l'escalier.

« Cette enfant mérite d'être heureuse ! » se dit le duc alors qu'il rejoignait sa chambre aux tentures de velours rouge. Il ferait tout, absolument tout ce qui serait en son pouvoir pour y contribuer.

Ce soir-là, il eut du mal à trouver le sommeil, préoccupé qu'il était par le triste récit de l'enfance de la jeune fille. Comme il regrettait de n'avoir pas eu le courage de désobéir à Wellington et de revenir plus tôt !

La pauvre petite avait vécu de pénibles moments auprès de ce père malade et autoritaire.

« Quelle vie austère a dû avoir cette enfant ! » ne cessait de se répéter Ivar.

Cette pensée l'obsédait et il se fit le serment de rester auprès de sa jeune cousine tant que Dieu lui prêterait vie et de la protéger contre l'adversité. Rasséréné par cette décision, il s'endormit pour ne se réveiller que le lendemain matin.

Heureux de rentrer chez lui, le duc fut accueilli à Berkeley Square par Bateson encadré de quatre valets en livrée qui attendaient sur le seuil de la demeure. A la différence du château, Berkeley Square pouvait offrir à ses hôtes un grand confort et un accueil de qualité.

Pendant son absence, les domestiques avaient fait le ménage à fond. Sitôt installé, le duc put constater avec satisfaction que chacune des pièces avait été convenablement entretenue. Après les avoir longuement aérées, les domestiques avaient ciré leur sol avec le plus grand soin.

La veille au soir, le duc avait envoyé en éclaireur à Berkeley Square un homme que lui avait recommandé Alvina. Il avait l'air foncièrement honnête; Ivar lui avait fait confiance dès leur premier entretien et l'avait embauché sur-le-champ.

Le brave homme, qui avait travaillé au château des années auparavant, s'était engagé dans la marine : un beau jour, il avait pris la mer, pour longtemps. Aussi, une fois rentré chez lui, s'était-il terriblement ennuyé et il avait fini par se présenter au château, en quête d'un nouveau travail. Il connaissait bien les chevaux et était extrêmement consciencieux. Ce matin-là, Ivar se félicitait d'avoir suivi les conseils de sa jeune cousine : l'homme avait exécuté ses consignes à la perfection.

Le duc, qui aimait son confort, avait toujours été très exigeant avec les domestiques de Berkeley Square. Il comptait bien, d'ailleurs, que tel soit le cas au château d'Harlington !

Tandis qu'il faisait le tour du propriétaire, escorté de Bateson, le maître d'hôtel annonça :

— Votre Grâce, le major Chertson fait dire qu'il a bien reçu votre note. Il déjeunera avec vous, comme convenu.

Le duc jeta alors un bref coup d'œil à la pendule et constata avec surprise qu'il ne lui restait plus que quelques minutes avant l'arrivée de son ami Gerald. Juste le temps pour lui de mettre à jour son courrier.

D'un pas pressé, il prit la direction de son bureau, qu'il n'avait pas encore revu. L'endroit, inondé de soleil, était le plus calme de toute la propriété.

Il terminait de trier son courrier lorsque Gerald entra dans le bureau. Les deux hommes échangèrent une poignée de main chaleureuse.

Depuis leur dernière entrevue, un événement capital était survenu : Ivar s'était réconcilié avec sa jeune cousine Alvina. C'est avec une grande joie qu'il en fit part à son compagnon.

— C'est formidable ! s'exclama Gerald.

— Que diriez-vous d'une coupe de champagne, mon ami ?

— Volontiers...

Ils trinquèrent donc à la bonne nouvelle et se mirent à bavarder. Mais il se faisait tard et les deux jeunes gens décidèrent de passer à table.

Le duc narra par le menu son séjour au château d'Harlington. Il raconta combien les gens qui y vivaient étaient misérables. Puis il fit part à son ami de ses projets pour améliorer la situation. Ils parlèrent également de chevaux. Selon Gerald, les plus belles bêtes venaient de chez Tattersall.

— Va pour Tattersall ! déclara Ivar, je veux offrir ce qu'il y a de plus beau à ma cousine !

Ils évoquèrent ensuite les nouvelles responsabilités qui attendaient le duc.

— Vous êtes un organisateur-né, Ivar, aussi suis-je certain que vous réussirez dans votre tâche. Cela vous fera du bien de vous battre pour un idéal...

— Ne croyez-vous pas que je me sois suffisamment battu toutes ces années durant ? interrogea vivement Ivar.

— Je ne parle pas de la guerre. Je fais simplement allusion à un idéal personnel, c'est tout à fait différent.

— Je comprends, bien que je ne voie pas trop la différence...

— Ainsi donc, vous voilà réconcilié avec votre charmante cousine ?

— En effet et à ce sujet, je crois que je vais avoir recours, une fois de plus, à votre aide.

— Je vous écoute, mon cher ami.

— Voilà, je voudrais qu'Alvina vienne à Londres, mais je ne sais comment m'y prendre. Comment faire, à votre avis, afin qu'elle connaisse ce qu'il y a de mieux ? C'est une jeune fille si réservée. Ce seront ses premiers pas dans le monde.

Gerald hésita un instant puis déclara :

— Dans un premier temps, il lui faut évidemment un chaperon, une personne chargée de l'introduire dans les meilleures maisons de la capitale.

— Son institutrice pourra...

Gerald l'interrompit :

— Ce n'est pas, à mon avis, la personne idéale. Il vous faut une aristocrate, élégante et très en vue. Et, bien sûr, d'excellente réputation. Voyons, Ivar, n'avez-vous personne, parmi vos relations, qui corresponde à cela ?

Gerald, par l'ironie de sa question, mettait délicatement en garde son ami contre la belle Isobel.

Ivar ne fut pas dupe et se dit qu'il valait mieux, en effet, que les deux femmes ne se rencontrent jamais !

Ce petit séjour loin de la capitale lui avait permis d'oublier sa maîtresse et c'était à dessein qu'il n'en avait pas demandé de nouvelles à son ami.

Ce dernier prit les devants et il déclara, non sans malice :

— Saviez-vous qu'Isobel était à Londres ? Elle est arrivée hier et s'est aussitôt installée chez son vieux père, à Piccadilly.

Comme le duc feignait de ne pas avoir entendu, Gerald poursuivit :

— D'ailleurs, je suis chargé de vous dire qu'elle vous prie de bien vouloir dîner avec elle ce soir.

— Pourquoi diable l'avoir avertie de mon retour à Berkeley Square ? riposta Ivar.

— Mais je n'ai pas parlé de votre retour ! La belle était déjà au courant. Elle a tout simplement envoyé un domestique chez vous...

— Je n'ai pas de temps à perdre avec Isobel pour le moment !

— Je crains qu'elle ne soit pas de votre avis !

— Il faudra pourtant bien qu'elle s'y fasse, rétorqua Ivar, furibond.

Sur le point de sonner un domestique afin d'envoyer un message déclinant l'invitation du soir, il dut se raviser : il était trop tard.

Cet après-midi-là, le duc fit une petite visite de courtoisie au prince régent. Tous deux bavardèrent longuement et se séparèrent avec regret.

De retour chez lui, il eut la désagréable surprise de trouver devant sa demeure un fringant attelage, dont le blason ne lui était pas inconnu...

Il voulut faire demi-tour mais se raisonna. Il savait par expérience qu'il était vain de chercher à fuir une femme comme Isobel. Outre son caractère exigeant, la belle avait de la suite dans les idées !

Bateson accueillit son maître sur le perron.

Mais avant même qu'il n'ait eu le temps d'ouvrir la bouche, le duc demanda vivement :

— Lady Isobel est ici depuis longtemps ?

— Cela fait plus d'une heure, Votre Grâce.

Il savait qu'elle devait l'attendre au salon. Aussi pressa-t-il le pas afin d'en finir au plus vite.

La jeune femme, assise près de la cheminée, remuait les braises à l'aide du tisonnier.

Ivar claqua la porte derrière lui et sa maîtresse se retourna brusquement. Le visage rougi par la chaleur de l'âtre, elle ne put s'empêcher de pousser un petit cri nerveux.

— Vous m'avez fait peur, mon ami !

Son manteau et son chapeau, orné de magnifiques plumes d'autruche, avaient été négligemment jetés sur le canapé. Elle portait une robe d'une grande élégance dont le tissu délicat soulignait les formes parfaites de son corps.

Elle s'élança vers son amant et l'entoura de ses deux bras à la peau laiteuse. La tête renversée en arrière, elle l'implorait du regard. Le duc connaissait par cœur cette mise en scène qui était sa grande spécialité.

Pourtant, une fois de plus, il se laissa faire.

La belle fit alors ses yeux les plus langoureux, pressa son corps contre le sien et le harcela de mille baisers fougueux.

— Comme vous m'avez manqué, Ivar ! répétait-elle.

Il était certes difficile de résister à un tel assaut, mais le duc ne put s'empêcher, en sentant les bras qui le serraient si fort, d'évoquer deux serpents étouffant leur proie ! Il se dégagea, non sans mal, et remarqua :

— Il me semble que vous avez avancé la date de votre retour ?

— C'est une bonne surprise, n'est-ce pas ? répondit-elle d'un ton câlin. Dites-moi que cela vous fait plaisir...

Mais voyant qu'il ne répondait pas, elle s'approcha un peu plus et murmura à son oreille :

— Ivar chéri, si vous saviez comme Paris était triste sans vous ! Certes, j'ai passé d'agréables moments avec le prince de Condé, qui d'ailleurs n'a pas cessé de me faire mille compliments. J'ai également été invitée à peu près chaque soir à des réceptions merveilleuses...

Le duc, qui ne croyait pas un mot de toute cette comédie, alla se placer devant la cheminée et dit d'un air entendu :

— Je vous trouve très en beauté, ma chère. Tous ces compliments ne m'étonnent pas.

— Tous les hommes me disent la même chose ! soupira la jeune femme. Je préférerais que vous me disiez que je vous ai affreusement manqué ! Que sans moi, vous vous mouriez...

— A vrai dire, je n'en ai pas eu le temps ! répondit le duc en toute bonne foi. J'ai été débordé de travail.

— Pas le temps de penser à votre Isobel ? Mais j'espère bien que cela va changer ! Maintenant que je suis à vos côtés, j'ai de doux projets pour nous deux.

Elle le regardait maintenant avec un air mystérieux. Ivar ne savait quelle attitude adopter. Plus câline encore, elle demanda :

— J'ai très envie d'aller dîner à Carlton House...

Le duc sourit et poursuivit :

— Je viens justement de rendre visite au prince régent. Il a longuement insisté pour que je sois présent, ce soir, à son dîner.

Isobel se mit à rire.

— Je savais bien qu'il en serait ainsi ! J'ai moi-même dîné avec le prince hier soir et je n'ai pu résister à l'envie de lui faire part de notre amour secret.

A ces mots, le duc se raidit.

— Vous n'auriez jamais dû, Isobel !

— Et pourquoi pas ? Tous les gens que j'ai rencontrés jusqu'à présent m'ont paru fort satisfaits à l'idée que vous seriez duc d'Harlington. Tous m'ont parlé des richesses fabuleuses de votre château.

Elle lança alors un bref coup d'œil autour d'elle et poursuivit :

— Cette maison me semble parfaite. C'est l'endroit idéal pour recevoir nos invités. En vous attendant, j'ai visité les pièces du haut, elles sont très agréables. Il y a suffisamment d'espace pour que nous recevions sans nous gêner les uns les autres. Nous allons pouvoir organiser des soirées fastueuses !

— Et de quel droit êtes-vous ainsi entrée dans les différentes pièces de cette maison ? coupa le duc, furieux.

— Voyons, mon chéri, ne soyez pas si collet monté ! Je voulais juste m'assurer que nous serions à notre aise dans cette demeure. J'ai bien l'intention d'être une hôtesse irréprochable !

Ivar avait hâte d'en finir avec ces allusions incessantes. Il voulut dire quelque chose, mais brusquement la porte du salon s'ouvrit et

Gerald qui avait promis de repasser à Berkeley Square entra.

— Je suis navré de vous avoir fait attendre.

— Rassurez-vous, il n'y a pas si longtemps que je suis arrivé !

Gerald baisa la main d'Isobel et ne put s'empêcher de lui dire :

— J'étais à peu près certain de vous trouver ici, ma chère.

— Figurez-vous que j'ai attendu Ivar plus d'une heure ! J'en ai profité pour visiter la maison. Je me vois déjà recevant nos invités ! Cette propriété est tout simplement merveilleuse !

A ce moment Gerald croisa le regard sombre de son ami et dit :

— Ne croyez-vous pas que vous allez un peu trop vite, Isobel ?

Puis, se tournant vers son compagnon, il crut bon d'ajouter :

— Ivar, ne m'avez-vous pas dit tout à l'heure que le mariage était le dernier de vos soucis ?

Cette complicité entre eux les avait souvent tirés d'affaire.

Le duc, rassuré par la présence de son ami, déclara à son tour :

— C'est exact, j'ai bien d'autres préoccupations ! La restauration du château va me prendre des années...

Il n'eut pas le temps de terminer sa phrase, car Isobel s'exclama, furibonde :

— Qu'est-ce que tout cela signifie ? Pourquoi cette conspiration subite entre vous... Ah, les inséparables !

Ce n'était pas la première fois qu'elle avait à se plaindre de l'amitié qui liait Gerald et Ivar.

— Inutile de vous mettre dans cet état, ma

chère, répliqua Gerald que cette petite comédie amusait. Je crois simplement qu'il serait plus prudent pour vous de regarder la situation en face : pour l'instant, Ivar a d'autres soucis que celui du mariage !

— Une fois pour toutes, Gerald, mêlez-vous donc de vos affaires ! Vous n'avez rien à voir dans cette histoire... et je pense qu'Ivar est assez grand pour dire ce qu'il a à dire ! N'est-ce pas, Ivar ?

La belle s'était rapprochée de son amant. Comme celui-ci restait silencieux, elle lui coula un regard de velours et ajouta :

— Nous parlerons de cela à tête reposée, voulez-vous ? Lorsque nous serons seuls... en tête-à-tête...

Puis, en signe d'adieu, elle tendit sa main à Ivar, qui s'empressa de la porter à ses lèvres.

— Retrouvons-nous ce soir à Carlton House, mon cher. (Puis, prenant une voix plus suave :) Je suis sûre que vous serez assez aimable pour me raccompagner ensuite chez mon père.

Alors qu'elle tournait les talons, le duc se précipita pour lui ouvrir la porte. Gerald, silencieux, ne bronchait pas. Les deux hommes échangèrent un regard complice et Ivar se pencha alors sur le cou délicatement parfumé de sa maîtresse.

Il savait ce qu'elle attendait et murmura à son oreille les mots doux qu'elle aimait tant !

Puis, la belle chuchota à son tour :

— Au revoir, mon amour. Le temps va me sembler terriblement long jusqu'à ce soir !

Le duc la regarda un instant s'éloigner dans le long corridor tapissé de velours. Sa démarche, à la fois altière et souple, la faisait ressembler à une déesse descendue tout droit de l'Olympe. Puis, soulagé du départ de la belle, Ivar se tourna vers son ami.

— Je ne sais, cher Gerald, si votre intervention de tout à l'heure jouera en ma faveur ou non... seul l'avenir le dira ! Sachez, en tout cas, que j'y ai été très sensible.

— Il faut éviter à tout prix de vous laisser ensorceler par cette femme ! Votre mariage avec elle serait une grave erreur !

Puis, soudain plus grave, il déclara :

— Et je sais de quoi je parle...

— Qu'y a-t-il donc, Gerald ? demanda le duc, inquiet.

— Jusqu'à aujourd'hui, je n'ai jamais pris position dans aucune de vos affaires de cœur. Seulement, Isobel est un cas bien particulier...

— Que voulez-vous dire ?

— J'étais au White's, cet après-midi, et j'y ai entendu parler d'elle. Il semblerait qu'elle ait quitté Paris précipitamment à la suite d'une affaire scandaleuse avec le duc de Gramont...

Ivar, ahuri, écoutait attentivement. Mais Gerald, pris de scrupules, déclara :

— Ne voyez, dans ce que je vous dis, qu'un signe de plus de mon amitié pour vous. Je me dois de vous tenir au courant de ces faits...

— Poursuivez, poursuivez, fit le duc avec impatience.

— A peine aviez-vous quitté Paris que la belle tombait dans les bras du duc de Gramont ! La duchesse eut tôt fait de l'apprendre et organisa, comme si de rien n'était, une soirée somptueuse, à laquelle elle convia le Tout-Paris ainsi qu'Isobel. Celle-ci, ne se doutant pas du stratagème, se rendit à la réception, bien décidée à passer une excellente soirée. Hélas, les choses devaient très vite tourner au cauchemar... La duchesse, en plein dîner, fit une terrible scène de jalousie, renversant verres et assiettes. Puis elle se jeta sur la traîtresse, tira sur son élégante robe qu'elle déchira, l'insulta et, pour finir, la menaça de lui faire quitter la capitale au plus vite !

Le duc, furieux, parcourait le salon de long en large.

— J'espère que vous ne m'en voulez pas, Ivar ?

— Au contraire ! je vous suis très reconnaissant de m'avoir dit la vérité sur cette...

Sa colère était maintenant à son comble et il se mit à pester contre la divine beauté !

— Je vous avais prévenu, cette femme est bien décidée à devenir duchesse... d'une manière ou d'une autre ! Encore une fois, Ivar, méfiezvous, Isobel est une véritable sorcière.

Le duc savait que son ami disait vrai. Il regretta le temps où, lassé par les supplications incessantes de sa maîtresse, il s'était tout simplement laissé aller à lui promettre le mariage ! Comment avait-il pu être aussi faible ? Aujourd'hui, il avait peur de cette femme-sangsue, qui ferait tout pour arriver à ses fins.

Il était hors de question, désormais, qu'elle mette ne fût-ce qu'un seul pied au château ! D'ailleurs, une telle chose était impensable ! Isobel était-elle capable de s'intéresser au moins une fois dans sa vie à autre chose qu'à sa propre personne ? La vie au château demanderait beaucoup d'efforts, surtout les premières années. Il faudrait donner des consignes aux domestiques, s'occuper de l'éducation des enfants lorsqu'ils en auraient, veiller à ce que les fermiers ne manquent de rien dans leur campagne reculée.

Isobel était incapable de cela.

Gerald sembla deviner les pensées de son ami et lui dit :

— Non, cette femme n'est pas pour vous.

— Je ne me laisserai pas faire ! Je me battrai jusqu'au bout ! Personne ne pourra jamais me forcer à épouser qui que ce soit contre ma volonté, vous m'entendez ? Personne !

— Calmez-vous, Ivar, l'essentiel est maintenant d'éviter le scandale à tout prix.

— Vous avez raison, je dois me calmer...

— Et il vous faut garder un peu d'énergie pour un autre ennui, coupa Gerald, désolé.

— Un autre ennui ? De quoi s'agit-il encore ?

— Jason compte vous voir dès demain. Je crains que vous n'ayez à prendre, à son sujet, une décision rapide : soit vous épongez ses dettes, soit vous l'envoyez à Fleet.

A ces mots, le duc tressaillit.

Fleet, la prison où étaient incarcérés les mauvais payeurs et les escrocs notoires ! Ces derniers se voyaient, en outre, déshonorés par un article publié dans la presse nationale.

Il était hors de question qu'un Harling descende aussi bas ! D'autant que Fleet était un lieu sordide et d'une saleté repoussante. Le duc ne pouvait se faire à l'idée que son cousin, tout mauvais garçon qu'il fût, dorme dans une cellule envahie par les rats et infestée de punaises alors que lui-même allait vivre dans le luxe de son château !

— Je penche pour une troisième solution, dit-il.

Gerald attendait, fronçant les sourcils.

— J'ai un compromis à lui proposer : je m'engage à lui verser une pension à vie, à la condition qu'il quitte le pays et que je n'entende plus jamais parler de lui.

— Je doute que Jason accepte votre proposition. Mais sait-on jamais ? Seulement, cela risque de vous coûter une fortune !

— Jason acceptera, ou du moins, je ferai en sorte qu'il accepte ! conclut Ivar, plein de malice.

Gerald le fixa d'un air perplexe. A quoi pouvait donc bien penser son compagnon ?

5

Ce soir-là, le prince régent abandonna ses invités fort tôt. La séduisante lady Hertford n'avait eu de cesse, tout au long de la soirée, de lui murmurer qu'elle mourait d'envie de se retrouver seule avec lui, et tous deux avaient quitté la grande salle de réception sur la pointe des pieds, tels de jeunes tourtereaux brûlants de désir l'un pour l'autre.

Personne d'autre que le duc n'avait remarqué leur sortie.

Les convives parlaient entre eux par petits groupes, çà et là, dans la grande salle de marbre blanc. Certains dansaient dans la pièce voisine, d'autres dégustaient des petits fours et tous passaient visiblement un excellent moment.

Ce n'était pas le cas d'Ivar. Trop contrarié par ses propres soucis, il errait sans but parmi les invités. Certes, il aurait pu se joindre à son ami Gerald qui échangeait quelques mots avec le secrétaire d'État aux Affaires étrangères, le vicomte Castlereagh, mais il craignit de les déranger.

Il se dirigea donc vers le hall d'entrée afin de voir ce qui s'y passait. Puis il entra à tout hasard dans un petit bureau. Sur un secrétaire traînaient les innombrables notes de frais du prince. Le duc y jeta machinalement un coup d'œil.

Le souverain était connu pour sa passion immodérée des femmes — passion qui, bien entendu, lui coûtait fort cher. Ses dettes étaient proportionnelles à l'ardeur de ses sentiments et au nombre de ses maîtresses.

Le duc se souvenait que, pendant la guerre, les officiers évoquaient souvent le comportement du prince, que tous jugeaient inadmissible.

Pour avoir lui aussi frôlé de près ce genre de situation, Ivar ne pouvait que le plaindre de tout cœur. Mais il va sans dire qu'il avait toujours préféré paraître sévère à l'égard de tels débordements : ses hommes, en effet, n'auraient pas apprécié qu'il fît preuve de compréhension pour ce genre de « faiblesse ».

Le jeune homme poursuivit sa visite à travers les couloirs et les grandes salles de Carlton House. Il pénétra dans une autre pièce somptueuse dont les murs étaient couverts de tableaux superbes.

Il s'agissait pour la plupart d'œuvres de maîtres allemands acquises par le prince au tout début du siècle, à une époque où ce genre de chefs-d'œuvre était encore abordable. Sur les meubles traînaient des collections de miniatures et des statues d'une grâce remarquable.

Alors que, penché sur une de ces statues, il en détaillait la ligne et les volumes, il se sentit brusquement tiré par la manche de sa veste. C'était Gerald qui venait rejoindre son ami.

— Et si nous prenions congé, mon cher Ivar ? Je commence à trouver le temps long.

— Bien volontiers. Je vous croyais avec le vicomte Castlereagh. Vous sembliez en grande conversation.

— En effet, cet homme est passionnant. Il m'a appris un certain nombre de choses dont je vous entretiendrai en chemin... Venez !

Alors qu'ils traversaient le grand hall, Gerald demanda à son compagnon :

— Au fait, avez-vous vu Isobel ?

— Je l'ai entr'aperçue, mais elle a disparu !

— Étrange..., répondit Gerald.

— Elle est très probablement rentrée chez son père, conclut alors le duc.

En fait, dès le début de la soirée, Ivar avait sciemment ignoré sa maîtresse qui, pourtant, lui avait jeté des regards tendres à plusieurs reprises. La belle avait tenté, sans succès, d'aborder le jeune homme tout au long de la réception, mais celui-ci avait fini par lui tourner le dos. Et bien sûr, Isobel, terriblement vexée, avait voulu se venger en disparaissant sur-le-champ. Le duc penserait sans doute qu'un autre homme l'avait raccompagnée chez son père... ou ailleurs !

Les deux hommes étaient sur le point de monter dans le phaéton lorsque Gerald, voyant la mine joyeuse de son ami, déclara :

— Vous semblez content de vous, mon cher. Il ne vous reste plus qu'à espérer que la belle ne revienne pas à la charge de sitôt !

Le duc, qui n'appréciait guère que l'on commente sa vie privée, lança à son compagnon un regard froid. Gerald, désolé de sa maladresse, voulut se rattraper et poursuivit :

— Je vous prie de m'excuser, Ivar, mon amitié pour vous me fait perdre la notion des convenances...

Le duc ne broncha pas et l'autre ajouta :

— Il est encore tôt. Voulez-vous que nous allions nous divertir au Palais de la Fortune ? J'ai entendu dire, ce matin au club, qu'il y avait un spectacle étonnant.

— Honnêtement, répondit le duc, j'ai eu une journée épuisante et je meurs d'envie de me coucher. Tous ces soucis finiront par me tuer !

Gerald, à ces mots, se mit à rire de bon cœur.

— Avec une vie trépidante comme la vôtre, au moins ne risquez-vous pas de vous ennuyer !

Mais, se rendant bien compte que son ami n'était pas d'humeur à plaisanter, il ajouta amicalement :

— Bon, admettons que ce soir vous préfériez vous reposer. Mais demain, il faudra vous rattraper ! Sinon, à ce train-là, vous risquez de devenir un véritable vieux garçon.

Cette fois, le duc se mit à rire à son tour.

— Là, vous exagérez ! s'exclama-t-il, manifestant soudain une ostensible bonne humeur. Je pense qu'en effet, j'aurai grand besoin de me divertir dès demain. N'oublions pas que je suis censé rencontrer mon cher cousin Jason ! ajouta-t-il en faisant la moue.

— Bah ! on ne sait jamais ce qui peut se passer. Vous verrez bien, mon cher Ivar !

La voiture était arrivée à Berkeley Square et le duc donna l'ordre au cocher de raccompagner son ami au 12 Half Moon Street. Les deux compagnons se saluèrent, puis, après un claquement de fouet, le phaéton se mit en route vers la demeure de Gerald.

En entrant, Ivar fut accueilli par un valet qu'il ne connaissait pas. Le jeune homme, vif et souriant, s'attira aussitôt la sympathie de son maître qui lui demanda :

— Quel est votre nom, mon garçon ?

— Je me nomme Henry, Votre Grâce.

— Bien. Et où étiez-vous donc avant de venir travailler à Berkeley Square ?

— J'étais dans la marine, Votre Grâce.

Le jeune homme raconta en quelques mots sa vie en mer, sur des bateaux de tous tonnages. Il n'avait navigué qu'un an, et, à son grand regret, il avait bientôt été démobilisé, la guerre étant finie. Il avait alors eu beaucoup de peine à trouver du travail.

Il profita de l'occasion pour remercier le duc de l'avoir employé à son service et lui assura qu'il ferait tout son possible pour lui donner entière satisfaction.

Le duc apprécia tout de suite l'attitude réservée et extrêmement respectueuse de ce jeune homme qui, pourtant, ne manquait apparemment pas d'énergie.

— J'espère que vous prendrez bonne note des conseils que pourra vous donner Mr. Bateson. Il est dans cette maison depuis toujours, et il connaît parfaitement son métier.

— Votre Grâce peut compter sur moi.

Puis l'homme se courba respectueusement et le duc lui adressa un sourire amical, avant de tourner les talons et de se diriger directement vers sa chambre à coucher.

Il entendit la porte d'entrée qu'on verrouillait dans son dos. Henry, qui avait été engagé comme veilleur de nuit, installait maintenant coussins et couvertures sur sa couche, dans un recoin du hall.

C'est avec plaisir que le duc, épuisé par sa

pénible journée, retrouva sa suite, au premier étage. Une chose cependant le surprit : il y faisait bien sombre...

Son regard se posa quelques secondes sur le seul candélabre dont les bougies étaient allumées. Le blason des Harlington, gravé dans l'argent, faisait toute sa fierté. « Dire que tous les ducs d'Harlington sont passés ici avant moi ! » soupira-t-il, alors que son imagination, déjà, s'était mise à vagabonder.

Mais très vite, il fut ramené aux réalités de son temps et se trouva fort contrarié de ne pas rencontrer son valet de chambre. Il se mit alors à pester contre le laisser-aller du domestique et se jura d'y mettre bon ordre dès le lendemain matin ! Pourtant, il fut agréablement surpris par le feu de bois qui brûlait dans l'immense cheminée, ce qui lui fit penser que, après tout, le personnel de Berkeley Square n'était tout de même pas trop négligent.

Au fur et à mesure qu'il avançait à tâtons, il lui sembla reconnaître un parfum, comme une envoûtante senteur d'ambre...

La chambre était occupée en son centre par un imposant lit à baldaquin qui datait du début du XVIIIᵉ siècle.

Soudain, alors qu'il regardait machinalement en direction du lit, une voix de femme perça l'obscurité et le silence de la pièce.

— Ce soir, je remplacerai votre valet, si vous le voulez bien...

Isobel — ce ne pouvait évidemment être qu'elle — était étendue, à moitié nue, sous l'énorme édredon.

Une rage folle s'empara alors du duc qui s'en voulut de ne pas avoir prévu ce genre de stratagème de la part d'une femme aussi possessive. Afin d'être encore plus séduisante, elle avait gardé tous ses bijoux. Le superbe collier d'émeraudes qui mettait en valeur la blancheur de son cou brillait dans la nuit. S'agissait-il d'un des nombreux cadeaux du duc de Gramont ? A cette idée, Ivar sentit monter en lui une sourde colère. N'y tenant plus, il s'exclama :

— Vous pouvez peut-être me dire ce que vous faites dans mon lit, si, bien sûr, ce n'est pas trop vous demander ?

— Mais, mon chéri, c'est très clair. Je vous attends, tout simplement !

Isobel était ainsi faite, extrêmement troublante et déconcertante.

« Cette femme est une vraie sorcière ! » se dit Ivar qui ne savait quelle attitude adopter.

La belle, voyant que son amant restait figé au milieu de la pièce sans mot dire, profita de cet instant de répit pour prendre des poses aguichantes. Ses bijoux magnifiques lançaient des éclats mystérieux sur le fond bleu de la nuit...

Le duc se rappela ce que son ami lui avait recommandé, quelques heures auparavant. Il valait mieux, pour l'instant, éviter le scandale. Pourtant, il se sentait pris au piège, au piège d'une redoutable séductrice et il lui était à présent impossible de l'éviter !

Comme il l'observait, elle se fit plus caressante et dit en ouvrant ses bras :

— Venez, mon chéri, j'ai mille choses à vous dire... Allons, approchez.

Ivar, envoûté par la voix de la jeune femme, se glissa sous le gros édredon.

Cette nuit-là, une fois de plus, Isobel était arrivée à ses fins. Ils s'étaient aimés avec passion, puis la jeune femme avait sombré dans un profond sommeil.

Le duc écouta la respiration lente et profonde de sa maîtresse pendant quelque temps. « Cette femme me fait faire des folies ! » soupira-t-il, conscient de la situation sans issue dans laquelle il s'était fourvoyé. Puis, désemparé, il essaya d'envisager des solutions pour sortir de ce guêpier. Éviter le scandale : le conseil de son meilleur ami hantait son esprit.

Il jeta un coup d'œil distrait vers la fenêtre et admira la lune, ronde et pleine, qui scintillait dans un ciel d'encre. Soudain, n'y tenant plus, il décida de mettre à profit son expérience de la guerre... Il sortit du lit et rampa silencieusement sur le tapis, exactement comme il avait appris à le faire à ses hommes, notamment lors des longues séances d'entraînement au combat de nuit. Puis il se redressa et attrapa ses vêtements. Ces derniers, jetés à la hâte sur l'un des gros fauteuils, étaient tout froissés.

Il sortit sur la pointe des pieds, avec des ruses de Sioux. Enchanté d'être parvenu à fuir sans réveiller Isobel, Ivar eut une pensée pour ses troupes auxquelles il avait longuement enseigné le silence absolu en cas de grand danger. Il leur avait expliqué que le silence était une arme redoutable qui, surprenant l'ennemi, finissait toujours par le déstabiliser. Les Français avaient été les premiers à faire les frais de cette stratégie et avaient été surpris plus d'une fois par les soldats anglais !

Le duc, soulagé de se retrouver dans le long corridor, se dirigea, tout guilleret, dans la salle d'eau. Là, il prit un bain bien chaud qui lui permit de se calmer. Puis il choisit des vêtements propres dans l'armoire en acajou.

Il avait une idée derrière la tête et se dit qu'il lui fallait être tout aussi élégant que la veille, sinon davantage...

Après avoir extrait sa plus belle cravate du tiroir de la commode, il la noua avec ce savoir-faire qui, en règle générale, avait le don d'irriter son valet de chambre. Il enfila ensuite une jaquette noire de soirée.

Ainsi vêtu, il descendit les escaliers en toute hâte et se retrouva dans le hall d'entrée. Ses pas résonnaient sur le sol de marbre.

« A cette heure-ci, Henry doit dormir », pensa le duc. Mais le jeune veilleur de nuit, qui avait l'ouïe fine, se leva d'un bond avant de se précipiter sur la porte.

— Henry, je dois m'absenter. Il faudrait que vous vous rendiez au plus vite aux écuries du duc de Melchester, dans Park Lane. Là-bas, vous demanderez de ma part au cocher de venir chercher lady Isobel Dalton, afin qu'il la ramène chez elle.

Le jeune domestique écoutait, encore tout ensommeillé, les consignes de son maître. Celui-ci poursuivit :

— Dès l'arrivée de la voiture, vous enverrez la femme de chambre chercher lady Isobel dans ma chambre...

Le valet ouvrit alors de grands yeux et Ivar, qui voulait tout de même se justifier, ajouta :

— Vous lui expliquerez que lady Isobel a eu un petit malaise et a préféré s'allonger sur mon lit en attendant la voiture. Me suis-je bien fait comprendre ?

— Vous pouvez compter sur moi, Votre Grâce.

— Vous êtes un brave garçon ! déclara alors le duc satisfait.

Puis, tournant les talons, il se dirigea vers l'escalier qui menait à la cour. Mais comme il prenait la direction opposée aux écuries, le jeune Henry, tout étonné, demanda :

— Sa Grâce ne prend pas la voiture ?

— Je préfère marcher...

Et il s'éloigna d'un pas rapide dans la brume épaisse de la nuit.

Il eut alors une pensée pour son ami Gerald : « Il va en faire une drôle de tête quand je vais lui raconter les heures que je viens de passer ! »

Ainsi donc, il marcha d'un bon pas jusqu'au 12 Half Moon Street où son compagnon logeait, avec son valet, dans deux chambres étroites, au cinquième étage d'une petite bâtisse.

Le portier, endormi comme à l'accoutumée, lui ouvrit la porte en ronchonnant.

Ivar prit son élan et grimpa quatre à quatre les escaliers qui conduisaient chez Gerald. Il arriva haletant sur le palier et frappa deux coups. Personne ne répondit et il donna de nouveau quelques coups plus secs contre la porte.

Gerald parut. Il était en chemise de nuit et sembla fort surpris de se trouver nez à nez avec son ami, à cette heure tardive !

— Ivar, mais que vous arrive-t-il donc ?

— Puis-je entrer ? se contenta de dire le duc.

La chambre était si petite que les deux hommes durent s'asseoir sur le lit. Une bougie brûlait sur la table de nuit où étaient empilés des livres.

En quelques mots, Ivar fit part à son ami de sa mésaventure. Ce dernier, tout ébouriffé et nu-pieds, se dressa d'un bond en s'écriant :

— Mon pauvre ami ! Vous voilà dans de sales draps ! (Puis, plus calmement, il ajouta :) Cette femme est redoutable... Elle est tout simplement effrayante ! Que comptez-vous faire maintenant ?

Le duc était pensif et Gerald poursuivit, quelque peu sévère :

— Vous rendez-vous compte à quel point vous vous êtes compromis, Ivar ? Isobel a une idée derrière la tête, c'est évident ! Elle est en train de vous manipuler, une fois de plus !

Ivar ne disait toujours rien.

— Dès qu'elle verra son père, elle lui racontera que vous l'avez entraînée dans votre lit contre son gré. Celui-ci, affolé, et afin de sauver l'honneur de sa fille bien-aimée, finira par vous faire rechercher et vous imposera le mariage ! Voilà, le tour sera joué ! Elle est maligne, vous savez !

Gerald avait parlé avec passion et le duc en fut agacé.

— Pas si vite, mon cher. Rira bien qui rira le dernier !

Il avait dit cela d'un air si satisfait que Gerald réclama des explications.

— Vous allez comprendre. Avant de quitter Berkeley Square, j'ai chargé mon valet d'une mission. A l'heure qu'il est, il doit être arrivé aux écuries de Melchester. Là-bas, il doit demander de ma part au cocher d'aller chercher chez moi Isobel. Je lui ai raconté qu'à la suite d'un léger malaise elle avait préféré s'allonger dans ma chambre en attendant la voiture...

— Mais vous êtes un as ! Vous avez pensé à tout... encore que je ne m'explique pas bien où vous voulez en venir, dit Gerald, un peu dérouté.

— Patience, patience...

— Vous pensez vraiment qu'Isobel rentrera chez elle sans rechigner ?

— Elle n'aura pas le choix ! répondit le duc d'un air entendu.

— Vous, vous avez une idée derrière la tête !

— C'est exact ! Mais dites-moi, la belle ne nous a-t-elle pas de nombreuses fois appelés — avec dédain, d'ailleurs ! — les inséparables ?

— Oui, je me souviens, pas plus tard qu'hier...

— Eh bien ! elle ne croyait pas si bien dire !

— Pour l'amour de Dieu, Ivar, où voulez-vous en venir ? s'exclama Gerald qui bouillait d'impatience.

— C'est très simple. Il y a sûrement parmi toutes vos cartes d'invitation, une réception qui devait se tenir cette nuit !

— Il y en a même plusieurs, répondit Gerald qui commençait à comprendre.

— Parfait. Ainsi, il ne nous reste plus qu'à en choisir une et à nous y rendre... avec un peu de retard.

— Et après, que se passe-t-il ?

— Voyons, mon ami, réfléchissez ! Il s'agit maintenant de trouver des témoins qui nous verront danser en bonne compagnie pour que le récit d'Isobel à son père ne tienne plus debout !

— Vous êtes génial ! s'exclama Gerald. Je vous savais terriblement rusé, mais à ce point !

Puis, ravi de participer à la manœuvre, il dit en riant de bon cœur :

— Tenez, choisissez parmi tous ces cartons d'invitation pendant que je mets mon plus bel habit.

Et il disparut derrière un paravent.

Toutes les cartes qui traînaient sur le bureau

de Gerald étaient gravées au nom de grandes dames et de familles prestigieuses. Ivar finit par en tirer une au hasard.

— Cher ami, dans quelques minutes, nous serons chez la comtesse de Jersey !

— Formidable ! s'exclama l'autre derrière le paravent.

La comtesse de Jersey avait défrayé la chronique quelques années plus tôt. Il faut dire qu'elle avait réussi à séduire le prince de Galles, faisant ainsi le désespoir d'un grand nombre de rivales, parmi lesquelles Marie Fitzherbert. Certes, celle-ci savait que le ministre Sheridan avait raison lorsqu'il disait pour la taquiner :

— Si le prince aime les femmes, comment pourrait-il n'en aimer qu'une seule à la fois ?

Bien sûr, elle lui avait toujours pardonné son monstrueux égoïsme qui le faisait passer d'une femme à une autre, mais cette fois, la belle Mme Fitzherbert ne pouvait accepter la liaison du prince avec la comtesse de Jersey. Celle-ci était tout de même mère d'une famille nombreuse, plusieurs fois grand-mère et elle avait neuf ans de plus que le prince ! Une telle chose était tout simplement inconcevable.

La comtesse était très jalousée. Femme d'une grande beauté, raffinée et d'une humeur très enjouée, elle était réputée pour posséder aussi un extraordinaire magnétisme. Sa relation avec le prince avait duré quelques années. Cela lui avait permis de se faire une place de choix dans la société.

En tirant ce carton d'invitation, le duc faisait donc un très bon choix. Une soirée chez la comtesse serait un alibi de premier ordre.

Gerald fit son apparition. Il était très élégant.

Son ami lui en fit compliment et tous deux rirent de bon cœur. Sans plus attendre, ils dévalèrent l'escalier en chahutant comme deux collégiens.

— Où est votre voiture ? demanda Gerald, surpris de ne pas la voir.

— Je suis venu à pied. Prenons donc un fiacre !

A ce moment précis, comme par enchantement, une voiture déboucha au coin de la rue. Ivar fit signe au cocher de s'arrêter. Les deux compagnons prirent place sur les banquettes de cuir sombre. Puis l'homme fouetta son cheval qui se mit en route.

— Je compte sur vous, Gerald, pour attirer sur nous l'attention de la comtesse. Voilà bientôt neuf ans que je ne l'ai pas revue. Sans doute ne se souvient-elle pas de moi.

— Je suis sûr qu'elle vous réservera le meilleur accueil. Malgré son âge mûr, elle est très sensible au charme des jeunes gens raffinés. Je la vois déjà vous tirant par le bras afin de vous présenter à ses hôtes.

— C'est tout à fait ce que j'espérais !

A ces mots, Gerald se mit à rire et s'exclama :

— Encore une arrière-pensée, Ivar ?

Pour toute réponse, ce dernier se contenta de sourire avec malice.

— La seule chose que je regrette en allant à cette soirée, dit Gerald, c'est que nous ne verrons pas la tête que fera Isobel lorsque le cocher viendra la chercher pour la ramener chez son père !

— Pour ma part, je préfère ne pas y penser !

— Hélas, Ivar, je crains que la belle ne soit encore plus acharnée que vous ne l'imaginez.

J'ai bien peur qu'elle ne s'entête à vouloir recevoir le titre de duchesse. A n'importe quel prix !

— Dans ce cas, elle risque d'être déçue !

Lorsqu'ils eurent atteint la propriété du comte de Jersey, il était plus de trois heures du matin. La réception battait son plein. Hommes du monde et élégantes se croisaient, bavardant autour des buffets, une coupe de champagne ou un verre de whisky à la main. Quelques-uns dansaient dans la grande salle de bal.

Sans perdre une minute, Gerald partit à la recherche de la comtesse. Celle-ci, resplendissante avec son turban à aigrette et ses bijoux somptueux, poussa un cri de joie à la vue du jeune homme qui s'approchait d'elle. Gerald baisa la main qu'elle lui tendait.

— Vous voici enfin ! s'exclama-t-elle, faussement fâchée. Je commençais à croire que vous m'aviez oubliée, mon ami.

Puis, se tournant vers Ivar, elle ajouta, coquette :

— Mais je vois que vous n'êtes pas venu seul...

— Je suis désolé pour ce fâcheux retard, madame la comtesse, et vous présente mes excuses, dit Gerald. J'ai passé la soirée avec mon ami Ivar, duc d'Harlington, qui vient de rentrer à Londres. Il avait oublié combien notre belle ville comptait de divertissements !

Ivar baisa à son tour la main parfumée que lui tendait la précieuse et se promit de lui parler d'Alvina dès qu'il en aurait l'occasion.

— Soyez sûr, mon cher, que si je vous avais su à Londres, je vous aurais fait parvenir une douzaine d'invitations ! lâcha la comtesse en lançant un beau sourire à son hôte.

— Je suis arrivé hier et vous êtes la deuxième

personne, avec Son Altesse Royale, à qui je rends visite.

— Vous êtes tout à fait charmant, conclut la maîtresse des lieux.

Puis, sans plus attendre, elle le prit par le bras et l'entraîna auprès d'un petit groupe de personnes.

Au grand étonnement du duc, cette femme était informée de chacun de ses exploits et ce fut avec une réelle chaleur qu'elle en fit part à ses amis.

Bien qu'il n'eût pas donné de ses nouvelles pendant toutes ces années passées à l'étranger, la comtesse avait suivi à distance ses aventures et semblait tout à fait au courant de sa nouvelle position sociale.

Enchanté de la tournure que prenaient les événements, il se montra d'excellente humeur et parla longuement avec chacun des invités auxquels il avait été présenté. Il fit même danser plusieurs valses à son hôtesse.

Les conversations, tantôt spirituelles, tantôt plus sérieuses, allaient bon train et le duc avalait coupe de champagne sur coupe de champagne ! C'est alors que le moment qu'il guettait arriva.

Se trouvant seule pour la première fois de la soirée, la comtesse avait profité de cet instant de répit pour ajuster son élégante coiffure devant l'un des immenses miroirs de la salle de bal. L'alcool avait donné au duc l'aisance suffisante pour aborder son hôtesse. Il s'approcha d'elle : il devait à tout prix s'attirer sa sympathie, dans l'intérêt d'Alvina.

Il commença par lui raconter la maladie étrange qui avait affecté le vieux duc à la fin de sa vie. Il lui parla aussi du comportement surprenant de cet aristocrate et de la façon dont il avait traité sa fille Alvina. La pauvre petite avait été privée des plaisirs qu'on connaît généralement à son âge et avait été au contraire confrontée à des responsabilités d'adulte.

La comtesse, interloquée, demanda alors :

— Que c'est triste ! En quoi puis-je vous venir en aide, mon ami ?

Il lui expliqua que sa jeune cousine devrait très bientôt venir à Londres pour la toute première fois.

— Je comprends votre inquiétude. Certes, l'éducation d'une jeune fille n'est pas chose facile ! Mais nous devrions pouvoir arranger ce délicat problème.

La comtesse était chaleureuse et fort sympathique. Toutefois, elle ajouta, soudain soucieuse :

— Une chose est certaine, il faut que cette enfant soit à tout jamais à l'abri du besoin !

— Bien sûr ! dit le duc. Et je ferai pour ma cousine tout ce qui sera en mon pouvoir.

— Bien, bien... Au fond, c'est un chaperon que vous cherchez pour elle ?

— Oui, c'est bien de cela qu'il s'agit, madame la comtesse, un chaperon qui puisse la guider dans la vie et qui sache lui faire choisir les meilleures fréquentations, les plus prestigieuses couturières, etc.

A ces mots, la comtesse sourit.

— Un chaperon pour accompagner une demoiselle chez sa couturière, cela ne devrait pas poser de problèmes ! Toute femme rêve de choisir de belles robes, même si elles ne lui sont pas destinées !

— Pensez-vous à quelqu'un en particulier ?

— Écoutez, cher ami, je crois que, dans un premier temps, le mieux serait de m'envoyer cette jeune personne. Je vous promets de choisir pour elle les toilettes les plus élégantes et de l'introduire auprès des gens les plus respectables. Puis, dans un second temps, je chercherai une hôtesse convenable qui puisse prendre ma place auprès d'elle. Cela vous convient-il ?

— C'est que... je ne sais comment vous remercier, je ne voudrais surtout pas abuser de votre amabilité, bredouilla le duc, quelque peu confus.

Elle le regarda alors avec un petit sourire narquois au coin des lèvres, qu'elle avait d'ailleurs fort jolies.

— Tout cela ne sera rien, si vous acceptez de me faire plaisir !

Ivar voulut parler, mais elle l'interrompit pour ajouter, faussement sévère :

— J'exige votre présence à chacune de mes soirées ! Il est grand temps pour vous de songer à trouver une épouse digne de ce nom ! J'ai quelques jeunes filles tout à fait ravissantes à vous présenter qui porteraient à merveille les diamants de la couronne ducale...

Le duc, qui n'en croyait pas ses oreilles, ne put s'empêcher d'éclater de rire et demanda :

— Madame la comtesse, avec tout le respect que je vous dois, pouvez-vous me dire s'il existe au monde une femme qui n'ait pas une âme de marieuse ?

Et tous deux se mirent à rire de bon cœur. Puis, soudain plus grave, il la regarda droit dans les yeux et décréta :

— Ce serait un honneur pour moi que d'assister à chacune de vos soirées, chère madame, mais il faut que vous sachiez que je n'ai aucune intention de me marier pour l'instant. Voyez-vous, j'étais, il n'y a pas si longtemps, sous les ordres du général Wellington. Maintenant que la guerre est terminée, j'ai bien l'intention de profiter de ma vie de célibataire !

La comtesse, qui ne se laissait pas décourager aussi facilement, ajouta gaiement :

— Voyons, mon ami, je trouverai pour vous une gentille femme qui soit docile et réservée, une véritable perle !

Le duc, cette fois-ci, se montra beaucoup plus ferme.

— Écoutez, madame la comtesse, la seule chose dont j'aie réellement besoin, en ce moment, c'est de repos !

Les yeux de la comtesse se posèrent alors sur les nombreuses décorations que portait le duc ce soir-là. Avec un soupir d'admiration elle dit d'un ton compréhensif :

— Du repos ? Oui, je comprends... Mais un homme aussi séduisant que vous aura, je le crains, bien du mal à passer inaperçu auprès de la gent féminine. A Londres, certaines femmes ont la réputation d'avoir les dents longues et les griffes acérées !

Le duc, en qui ces paroles ravivaient des souvenirs récents, se mit à penser à la belle Isobel.

— J'ai bien peur, mon cher, que désormais le seul danger pour vous ne soit ces baisers, sous lesquels vous risquez de mourir étouffé ! conclut la comtesse.

Reprenant un ton d'insouciance, le duc rétorqua :

— Il va sans dire que je préférerais mourir

sous des baisers que sous les balles des Français !

— Vous me rassurez, mon cher, chuchota la comtesse avec un air complice.

Puis, comme tous deux devisaient gaiement, une femme d'une grande beauté passa tout près d'eux.

— Tenez, voici une jeune personne tout à fait exceptionnelle, dit la comtesse en agitant son bras alourdi de bijoux en direction de la jeune femme.

Cette dernière s'approcha timidement et le duc put constater qu'elle était en effet d'une rare beauté.

Ils échangèrent quelques mots. Puis, afin de faire plus ample connaissance et parce que la comtesse insistait, ils se retrouvèrent dans les bras l'un de l'autre, tourbillonnant parmi les danseurs de la salle de bal.

De toute évidence, le duc avait conquis la jeune beauté qui lui fit promettre de lui faire signe dès le lendemain matin. Et Ivar se souvint alors de ces « griffes acérées » dont lui avait parlé la comtesse.

Enfin seul, il se mit à la recherche de son compagnon et tous deux quittèrent sans plus tarder la réception.

Dehors, les dernières étoiles scintillaient dans le ciel déjà pâle. Ivres de fatigue, les deux hommes décidèrent de rentrer se coucher.

— Qu'il fait bon respirer l'air frais du matin ! s'exclama Ivar.

— En tout cas, cher ami, je vous félicite d'avoir ainsi séduit notre chère hôtesse ! Elle m'a dit de vous le plus grand bien. Ainsi donc, tout est arrangé pour votre cousine ? J'en suis

ravi pour elle, et pour vous, bien sûr. Bravo !
Vous êtes décidément très fort.

— Il ne reste plus qu'à espérer qu'Alvina
trouve un jour un mari digne de ce nom, dit Ivar
calmement.

— Si vous voulez mon avis, notre amie la comtesse l'aura mariée dans le mois !

Brusquement, le visage du duc s'assombrit.

— Rien ne presse, voyons ! Alvina est très
jeune...

Puis il se demanda pourquoi diable il appréhendait à ce point le mariage de sa cousine. Il
en vint à regretter d'avoir sollicité l'aide de la
comtesse. Au fond, il aurait peut-être mieux fait
d'attendre que la situation évolue d'elle-même.
« Tout va aller trop vite, maintenant ! »
s'inquiéta-t-il.

Le lendemain matin, Ivar se réveilla beaucoup plus tard qu'il ne l'eût souhaité. Il pesta
contre le valet de chambre qui ne l'avait pas
réveillé.

En s'étirant au milieu du grand lit à baldaquin, il ne put s'empêcher de repenser à la nuit
mouvementée qu'il venait de vivre ; surtout, il
revit Isobel qui, quelques heures auparavant,
était allongée nue dans ces mêmes draps.

« Quand je pense que la belle a gardé son collier d'émeraudes ! » se dit Ivar avec ironie, bien
conscient qu'une telle aventure aurait scanda-
lisé plus d'un de ses ancêtres.

Comme il s'habillait, une grande satisfaction
s'empara de lui à l'idée d'être pour le moment
tiré d'affaire. Il reconnaissait toutefois que sa
maîtresse avait manœuvré avec finesse, en l'atti-
rant ainsi dans son propre lit ! Mais lui, Ivar,

avait fait preuve de plus de finesse encore. Il avait tout de même dû jouer très serré.

Certain d'être désormais à l'abri de tout danger, il se laissa aller à imaginer le récit plus ou moins scabreux que sa jeune maîtresse ferait à son père, le duc de Melchester. Puis il prit plaisir à imaginer les différentes manières par lesquelles Melchester aurait pu s'y prendre pour sauver l'honneur de sa fille chérie et convaincre Ivar d'accepter le mariage.

A cette pensée, il s'écria, ivre de bonheur :

— Je suis libre ! Libre ! Libre !

C'est alors qu'il crut entendre une petite voix, tout au fond de lui, qui lui demandait : « Libre, oui, mais pour combien de temps ? »

Comme prévu, le tête à tête du duc avec son cousin, en fin de matinée, fut extrêmement désagréable.

D'emblée, Ivar avait été choqué par son accoutrement de dandy : Jason portait des pantalons bien trop étroits, un col de chemise trop serré qui semblait étrangler sa gorge et une cravate d'un rouge un peu trop vif. La pochette de soie qu'il sortait de temps à autre pour effleurer son nez était quant à elle parfumée à outrance !

« Cet homme est ridicule ! » s'était dit le duc dès les premières secondes de leur rencontre. Puis, bien vite, il avait été gêné par son regard aigu et ses gestes d'avare.

Jason avait cinq ans de plus qu'Ivar. Il commençait depuis peu à regretter sa vie passée et allait parfois jusqu'à déclarer en avoir honte. Il faut dire que l'homme, longtemps insouciant et immature, s'était compromis dans de sombres affaires. Terriblement angoissé par son avenir incertain, il ne rêvait que d'argent, de confort et de luxe.

« Je me demande ce qu'il attend pour se mettre à la recherche d'une femme fortunée ! » s'était souvent étonné le duc. Mais quelle femme digne de ee nom s'encombrerait d'un pareil individu ?

Il savait par ailleurs que Jason était trop snob pour épouser une petite bourgeoise. Ainsi donc, il n'avait pas le choix et resterait probablement seul toute sa vie.

Jusqu'à ce jour, Jason avait toujours trouvé quelqu'un qui lui avançât l'argent pour payer ses dettes. Aujourd'hui, il n'avait pas d'autre moyen que de faire appel à sa propre famille. Le duc savait exactement à quoi s'en tenir : son cousin allait le faire chanter afin de lui soutirer le maximum d'argent. Mais Ivar était prêt à tout pour éviter un scandale ou de simples rumeurs sur son compte.

Assis face à face dans la grande bibliothèque, les cousins se regardaient sans aucune sympathie. Ivar, par pure convenance, proposa un verre à son cousin qui accepta.

« Lequel des deux attaquera le premier ? » se demandait le duc, un peu amusé. En fait ce fut lui qui prit l'initiative :

— Je sais, Jason, les raisons qui vous poussent à venir jusqu'à moi aujourd'hui. J'ai entendu dire que vous étiez couvert de dettes. Aussi, afin de ne pas perdre de temps, serait-il préférable que vous me disiez d'emblée le montant de la somme que vous devez rembourser.

Jason lança un chiffre.

Le duc manqua aussitôt de s'étrangler. Mais il se contrôla et ajouta, avec un air faussement désinvolte :

134

— Est-ce bien tout ?

— C'est, en tout cas, tout ce dont je me souviens ! répondit l'autre, hargneux.

Un bref silence s'ensuivit, puis Jason, n'y tenant plus, finit par dire :

— Je pense que vous avez conscience d'être aujourd'hui terriblement chanceux, Ivar ! Toute cette fortune qui vous tombe sur les bras sans que vous ayez eu à lever le petit doigt ! Aussi, je compte sur votre sens de la famille pour venir en aide à ceux qui ne sont pas nés, hélas, sous votre bonne étoile !

L'homme avait pris un ton sarcastique et le duc répondit posément :

— En effet, je suis très conscient de ma chance, et c'est pourquoi je suis prêt à deux concessions.

— Je vous écoute, dit Jason, méfiant.

Le duc marqua alors une pause, puis déclara :

— Dans un premier temps, je consens à payer toutes vos dettes. En outre, je m'engage à vous verser une rente de mille livres chaque année.

L'homme n'en croyait pas ses oreilles : il allait être tiré d'affaire le plus simplement du monde ! Était-ce vraiment possible ? Cependant, refrénant son étonnement, il fit mine d'avoir mal compris, et, d'un ton coupant, demanda :

— Une rente de deux mille livres ?

— J'ai dit mille livres ! rectifia froidement Ivar. Il me semble que c'est déjà une coquette somme... Bien sûr, il y a une condition à tout cela.

— Laquelle ? dit vivement l'homme qui bouillait d'impatience.

— Je vous demanderai de quitter l'Angleterre pendant quelques années.

Jason resta interdit. Pendant quelques secondes, il ne sut trop que penser. Puis il eut une moue dédaigneuse et interrogea enfin :

— Êtes-vous sérieux ?

— On ne peut plus sérieux, mon cher cousin. Et si cette condition ne vous convient pas, alors j'annule notre marché !

Furieux, l'autre s'exclama :

— Vous n'en ferez rien !

— Si vous le prenez sur ce ton, je crains fort que vous n'ayez à vous débrouiller tout seul ! lança Ivar, agacé.

— Je ne vous croyais pas pervers à ce point ! fulmina Jason.

— J'avais plutôt le sentiment de faire preuve d'une extrême générosité à votre égard, répondit le duc impassible. Je suppose que vous connaissez la peine que vous encourez, étant donné vos innombrables dettes ?

Il reçut alors pour toute réponse le regard le plus dur qu'il eût jamais rencontré.

— Sachez, cher cousin, poursuivit-il comme si de rien n'était, que vous êtes passible d'un emprisonnement à vie à Fleet.

— Autrement dit, l'interrompit Jason avec hargne, vous avez l'intention de garder tout l'argent pour vous.

— Vous savez bien que cela n'est en aucun cas dans mes projets. Mais... je n'ai pas très envie que nous nous querellions à ce sujet. Sachez simplement que le duché manque d'écoles, d'orphelinats et que les fermiers ont d'énormes difficultés matérielles. Ils ont au moins dix ans de retard...

Jason se moquait éperdument de la gestion du duché. Sa propre personne était bien la seule chose qui comptât !

— Il n'est pas question que je m'expatrie, marmonna-t-il.

— Je suis, pour ma part, certain que vous saurez vous plaire à l'étranger. En tout cas, il faudra bien vous y faire ! Car, voyez-vous, il est tout à fait exclu que vous demeuriez sur le sol britannique alors que notre cousine Alvina est en âge de faire son entrée dans le monde...

— La vie de notre cousine ne me concerne en rien, répondit l'autre sèchement. Par contre, vivre à Londres est essentiel pour moi !

— Eh bien ! dans ce cas, débrouillez-vous tout seul, Jason !

L'homme hésita longuement, fit la moue puis lança brusquement, à contrecœur :

— Soyez maudit, vous et votre fortune ! Et sachez que si j'accepte aujourd'hui votre marché douteux, c'est bien parce que je n'ai guère le choix !

— C'est aussi mon avis, rétorqua calmement le duc.

Sans plus attendre, Jason sortit nerveusement de sa poche une grosse liasse de factures. Il la tendit à son cousin en disant sur un ton qui se voulait désinvolte mais qui cachait mal une profonde haine :

— Plus tôt j'en serai débarrassé, mieux cela vaudra pour moi ! Vous seriez bien capable de me faire enfermer pour le restant de mes jours...

Le fait est qu'une lourde peine de prison était sans doute ce qu'il y avait de plus sûr pour mettre ce genre d'individu hors d'état de nuire ; c'était en tout cas la conviction du duc. Pourtant, il préférait s'en tenir à la solution qu'il venait de proposer. Il se contenta donc de préciser quelques points de détail :

— Je tiens à vous prévenir que la première partie de la rente sera versée à la banque Coutt, à Paris. A moins que vous ne préfériez une autre capitale étrangère ? lâcha-t-il ironiquement.

Mais Jason restait de marbre et Ivar ajouta rapidement :

— Entendons-nous bien : vous ne pourrez toucher cet argent que si vous vous présentez en personne. Me suis-je bien fait comprendre ?

Les doigts maigres de Jason se crispèrent nerveusement sur les bras du fauteuil dans lequel il était resté assis tout au long de l'entretien. Il brûlait d'envie d'étrangler son riche cousin. Mais, conservant par miracle une apparence de calme, il finit par dire :

— Très bien, mon cher cousin, vous voici vainqueur... Vainqueur et fortuné, oui, mais pour combien de temps encore ?

Puis il se leva et, sans rien ajouter, tourna les talons après avoir lancé un regard lourd de haine à Ivar.

Il restait dans l'atmosphère de la pièce un peu de sa présence malsaine et le duc, machinalement, ouvrit une fenêtre.

« Cet homme est vraiment un être de la pire espèce ! » marmonna-t-il pour lui-même.

6

Après une agréable randonnée à cheval, la jeune Alvina, soûlée par le grand air et quelque peu fatiguée, se décida à rejoindre le château. Durant sa longue promenade, elle avait eu le temps de repenser à son cousin ainsi qu'à tous les changements qui ne manqueraient pas de se produire bientôt à Harlington.

En effet, il était question d'employer de nouveaux domestiques ainsi que de jeunes jardiniers. D'importants travaux allaient être entrepris dans les fermes des environs et la restauration du château était d'ores et déjà prévue. Grâce au duc, tous les rêves de la jeune fille allaient enfin se réaliser. Après tant d'années sombres, sa vie s'éclairait comme par enchantement.

Les nouvelles allaient bon train : elles se propagèrent jusque dans les coins les plus reculés du duché et ce fut bientôt l'euphorie chez tous les villageois dont la vie quotidienne et les conditions de travail allaient être radicalement transformées.

« C'est si merveilleux ! » se disait Alvina en pensant aux belles années qui s'annonçaient. Il lui semblait que le long cauchemar qu'elle avait traversé prenait fin à jamais.

Le duc était parti depuis déjà cinq jours et pas une seconde elle n'avait eu le temps de s'ennuyer ! Il faut dire qu'il lui avait laissé des consignes importantes qu'elle s'appliquait à exécuter de son mieux.

Et puis, partout, dans chacune des pièces, il lui semblait sentir la présence d'Ivar. Il était là, qui veillait sur elle.

Ce matin-là, alors qu'elle prenait son petit déjeuner — copieux, comme cela n'avait pas été le cas depuis fort longtemps — un énorme colis avait été livré par la poste. En voyant s'approcher la voiture du facteur, elle avait cru tout d'abord au retour prématuré de son cousin. Mais bien vite, elle avait dû se rendre à l'évidence : ce colis était un signe de plus de l'incroyable générosité du duc à son égard.

— Une surprise pour vous, mademoiselle Alvina, avait dit Walton en déposant à ses pieds le lourd colis.

Puis, aidé du valet de pied, il l'avait monté jusque dans la chambre de leur maîtresse. Aussitôt, la jeune fille s'était précipitée sur l'étiquette joliment décorée. Elle avait alors compris quelle était l'origine du colis.

Avec la vieille Emma toujours serviable, Alvina avait déballé le paquet. La domestique, toute guillerette, riait en tirant sur les fines cordelettes bleues entourant une grande boîte dans laquelle, sous du papier de soie, deux robes de jour et deux toilettes du soir étaient soigneusement pliées.

— Mon Dieu ! Quelle merveille ! s'exclama Alvina en sortant la première d'entre elles.

Il y avait également, dans une autre boîte légèrement différente, une très élégante tenue d'écuyère.

La jeune fille, bouleversée d'émotion, était debout face au grand miroir de sa chambre lorsque Mme Johnson, accompagnée de la femme de Walton et de deux autres domestiques, firent irruption dans la pièce. Les jeunes soubrettes, chahutant comme des enfants, insistaient pour voir leur maîtresse en habit d'équitation. Alors, la jeune fille s'exécuta en souriant.

— Vous êtes ravissante ! s'exclamèrent-elles en chœur.

Puis, sur un ton plus grave, la brave femme de Walton ajouta :

— Pourvu que les mauvais jours ne reviennent plus jamais et que le bonheur d'aujourd'hui nous accompagne toujours !

A ces mots, les yeux d'Alvina s'emplirent de larmes. Dans un élan elle courut vers la domestique et la serra dans ses bras.

— Je ne vous remercierai jamais assez, déclara-t-elle, tous autant que vous êtes, pour votre soutien dans les moments difficiles de ces dernières années. Aussi, il faut que vous sachiez que je compte bien partager avec vous le bonheur à venir.

La pudeur l'empêchait de faire allusion à la folie qui avait atteint son père sur la fin de sa vie. Les domestiques étaient toutefois conscients que la mort de Richard n'avait fait qu'aggraver le caractère autoritaire du vieux duc.

Les jours se suivaient et se ressemblaient. D'autres cadeaux, tout aussi luxueux, arrivèrent au château d'Harlington, à l'intention d'Alvina. Un jour, on vint la prévenir que deux superbes étalons seraient livrés le lendemain. Alvina eut tôt fait de comprendre que le duc comptait bien l'accompagner à travers la campagne, dans ses randonnées équestres.

Mais, en attendant, la jeune fille devait prendre son mal en patience : le retour de son cousin risquait d'être encore retardé de quelques jours.

Il allait sans doute être sollicité de tous côtés, pour sortir dans le monde, assister à des réceptions importantes, régler de nombreux problèmes et mettre à jour ses papiers. Tout cela prendrait du temps, Alvina en était parfaitement consciente.

Certes, elle n'avait pas grande expérience en ce qui concernait les hommes. Mais, loin d'être insensible à la prestance de son cousin, elle sentait qu'il avait suffisamment d'aisance et de distinction pour affronter tous les milieux.

D'ailleurs, elle redoutait qu'il lui annonce un jour sa décision de vivre à Londres plutôt que de mener une existence plus simple et surtout plus paisible au château.

Elle savait, pour l'avoir entendu dire maintes fois, que la capitale était follement amusante et tellement vivante ! Que jamais on ne s'y ennuyait, qu'il y avait de si jolies femmes... A ce propos, quelles pouvaient bien être les conversations du duc avec les élégantes de la haute société ? De quoi pouvait-il bien les entretenir ?

La jeune fille ne connaissait pas grand-chose à la vie de ce Tout-Londres. Elle avait bien entendu quelques ragots, certes, mais pour le reste... Tout le monde ne parlait généralement que d'affaires de cœur toujours très compliquées. Ainsi avait-elle surpris, un jour qu'elle se rendait aux cuisines, les potins que se racontaient en riant deux des employées.

Elle se souvenait qu'il s'agissait de la pauvre lady Hertford, qui, semblait-il, était détestée du petit peuple. On lui reprochait, tout simplement, d'être la dernière amourette du prince régent !

Il y avait eu également des affaires nettement plus scandaleuses. Toutes concernaient ces messieurs de la noblesse !

Bien sûr, certains de ces commérages étaient peut-être erronés, mais ils distrayaient Alvina. La compagnie des villageois et leurs papotages un peu mesquins lui faisaient parfois oublier la solitude que son père lui avait imposée.

Aujourd'hui, elle se souvenait d'une lettre que la nièce de Walton avait envoyée de la capitale. Celle-ci rendait compte du train de vie infernal du fils de la famille dans laquelle elle était employée.

« Et s'il en était de même pour le duc à Londres ? » se demanda-t-elle avec tristesse. « Après des années de guerre, un homme doit avoir plaisir à fréquenter les bals et les réceptions où les femmes sont si séduisantes. » Elle avait si peur que son cousin ne reprenne goût à la vie de luxe de la ville et ne revienne pas au château.

« Mais alors, pourquoi ces robes luxueuses ? Pourquoi ces superbes étalons ? » s'était-elle demandé plusieurs fois. N'avait-il pas, également, promis d'organiser un bal ? Alvina avait passé une nuit entière à dresser la liste des invités. Puis, dès le lendemain matin, elle avait donné l'ordre de cirer le sol de la salle de bal — ce qui, d'ailleurs, avait été une tâche bien difficile.

La peinture des murs avait été rafraîchie, les feuilles d'or ornant les corniches brillaient comme autrefois. Il avait aussi fallu chasser la poussière de tous les meubles ainsi que celle qui s'était accumulée sur les immenses tableaux.

Mais le plus ardu avait été de redonner de l'éclat au sol de la grande salle. Alvina avait parfois même aidé les domestiques à frotter avec la cire brunâtre, les genoux protégés par des chiffons, le dos rompu par des heures à demeurer ainsi à quatre pattes sur le parquet. Mais son effort et sa fatigue seraient payés, pensait-elle, par la joie qu'éprouverait sans aucun doute son cousin.

— Cela fait bien vingt ans que je n'ai pas vu la salle de bal aussi belle, avait déclaré Walton.

Un jour qu'elle revenait d'une longue promenade, Alvina s'était sentie soudainement si lasse qu'elle avait décidé de monter directement dans sa chambre.

— Mademoiselle a-t-elle fait une agréable promenade ? avait interrogé le jeune valet de pied.

— Excellente, je vous remercie.

Puis, sans plus tarder, elle était montée au premier étage de la grande demeure.

« Tiens, un tapis dans l'escalier serait une bonne idée ! » se disait-elle distraitement, pensant en parler au duc à son retour.

Elle rejoignait sa chambre lorsque, tout à coup, elle crut apercevoir la silhouette d'un homme au fond du long corridor. Elle étouffa un petit cri : probablement Ivar était-il revenu plus tôt que prévu...

Mais alors qu'elle se rapprochait à pas menus, elle dut se rendre à l'évidence : il y avait bien un homme, là, tout près, mais ce n'était pas Ivar. Qui cela pouvait-il bien être ? Et pourquoi les domestiques ne lui avaient-ils rien dit ?

La jeune fille marchait lentement, en retenant son souffle. L'homme était de dos, regardant du côté de la plus grande suite du château. Il observait tranquillement les tableaux accrochés au mur.

Soudain, Alvina, qui n'était plus très loin de lui, crut reconnaître les épaules, puis le port de tête, enfin toute la silhouette de l'inconnu...

— Cousin Jason ! s'écria-t-elle, que faites-vous ici ? Je ne m'attendais pas à votre visite !

L'autre se retourna et dit :

— Je vous ai vue vous promener dans la campagne et j'ai pensé que vous désiriez être seule, aussi ne vous ai-je pas dérangée.

— Pourquoi ne pas m'avoir prévenue de votre visite ? Je serais alors restée au château pour vous accueillir ! dit Alvina, quelque peu choquée par un tel manque de correction.

— Ne perdons pas notre temps en protocole, ma chère, répondit sèchement Jason. Je n'ai pas à prévenir qui que ce soit de ma visite ! Etant moi aussi un Harling, je suis ici chez moi autant que vous !

Il était glacial et son regard perçant effraya la jeune fille. Mais elle préféra n'en rien laisser paraître et demanda avec une douceur feinte :

— Puis-je vous servir quelque chose à boire ?

— Dieu, que ma cousine est aimable ! dit Jason, sarcastique.

Alvina mourait d'envie de connaître la raison de cette visite pour le moins inattendue.

Ils descendirent donc au rez-de-chaussée. La jeune fille lui demanda alors :

— Préférez-vous une tasse de thé, ou peut-être un...

— Faites apporter du bon champagne dans la bibliothèque ! ordonna Jason.

— Voulez-vous manger quelque chose ? demanda encore sa cousine.

— Du champagne suffira ! reprit Jason qui, déjà, se dirigeait vers la bibliothèque.

Alvina essayait tant bien que mal de maîtriser son mécontentement.

— Je suppose, dit Jason en entrant dans la vaste pièce, que vous n'êtes pas sans savoir qu'il y a ici même de véritables trésors ! Les musées d'Europe sont prêts à payer des fortunes pour avoir les manuscrits de Shakespeare ou l'édition originale des *Contes de Canterbury*.

La jeune fille, qui n'appréciait pas le ton suffisant avec lequel il avait parlé, dit sèchement :

— Mais ces livres magnifiques font partie des biens précieux du château, et ces biens appartiennent au duc régnant, tout le temps qu'il sera en vie.

Jason prit alors un air mystérieux pour déclarer à son tour :

— Reste à savoir s'il restera longtemps en vie...

Il posa aussitôt un regard démoniaque sur la pauvre Alvina qui, machinalement, recula. Que voulait-il donc insinuer ? Quelles étaient ces terribles menaces ?

Le sinistre individu se laissa tomber dans l'un des fauteuils placés de chaque côté de la cheminée et resta là un instant, pensif et silencieux. Puis, observant sa cousine, il poursuivit, sur le même ton désagréable :

— Mais, ma chère Alvina, à quoi pensé-je ? Il me faut absolument vous féliciter pour cette robe que vous portez. Elle est tout à fait magnifique. Vous n'étiez pas aussi élégante, la dernière fois que je vous ai vue !

Un grand silence suivit ce faux compliment de Jason qui ajouta :

— Ainsi donc, je vois que pour vous tous au château c'est la belle vie ! Toutes les pièces sont ouvertes aux quatre vents, les garde-manger sont pleins à craquer, il y a de superbes chevaux dans les écuries, des domestiques dans les couloirs... De quoi pourriez-vous vous plaindre ? C'est ce qu'on appelle jeter l'argent par les fenêtres ! s'écria-t-il dans un hoquet de colère. Mais, figurez-vous, chère cousine, que si je suis venu jusqu'ici aujourd'hui, c'est uniquement pour vous faire mes adieux !

— Vos adieux ?

— Vous n'êtes donc pas au courant ?

Ne sachant que répondre, elle se mit à bredouiller :

— C'est que... cousin Ivar n'est toujours pas revenu de Londres.

Voyant cette pauvre petite créature tremblante et sans défense, Jason se fit encore plus mauvais ; il proféra d'un ton doucereux :

— J'aurais dû m'en douter ! Comment résister à une femme aussi merveilleuse que la très charmante comtesse de Jersey ? Surtout que celle-ci s'est mis dans la tête de faire de ce pauvre duc son favori...

Troublée par ces sous-entendus, la jeune fille rougit.

— Pourquoi me dire de pareilles choses, cousin Jason ?

— Mon Dieu, mais vous êtes bouleversée... il faudra pourtant tâcher de vous faire une raison. Ivar vous réserve d'autres mauvaises surprises du même genre !

La malheureuse enfant ne savait trop que penser. L'autre, toujours plein de fiel, se fit une joie de poursuivre :

— Certes, notre cousin a su se tirer d'affaire après avoir passé la nuit avec lady Isobel à Berkeley Square. Mais la comtesse de Jersey est mariée... il y a donc des chances pour qu'il s'en sorte moins facilement.

Alvina, que tant d'insolence finit par révolter, se décida à parler une bonne fois pour toutes :

— Sachez, mon ami, que cousin Ivar est absolument libre de vivre comme il l'entend ! Cela ne vous regarde en rien, ni moi non plus d'ailleurs ! Lorsqu'on vous aura servi le champagne, vous boirez votre coupe et rentrerez chez vous !

« Quelle audace ! » se dit Jason, ulcéré. Néanmoins, il prit sur lui et éclata d'un rire mauvais.

— Ne seriez-vous pas en train de me mettre à la porte, par hasard ?

Un instant de malaise s'ensuivit. C'est alors que Walton fit son apparition dans la bibliothèque, apportant le champagne.

Alvina, qui avait hâte d'en finir au plus vite, attendit, debout, les bras croisés, que Jason terminât sa coupe. Mais il s'était fait servir et resservir très généreusement et prenait tout son temps, dégustant, les yeux fermés, l'excellent champagne du château.

Soudain, la jeune fille eut envie de mettre les choses au clair :

— Ainsi donc, vous êtes venu me faire vos

adieux ? Est-ce à dire que vous allez quitter l'Angleterre ?

— Alors, vous êtes au courant ? protesta Jason.

— Au courant de quoi, à la fin ? s'impatienta-t-elle.

Cet homme ne parlait qu'à demi-mot et cela était insupportable !

— Vous ne savez donc pas que notre cousin m'ordonne de quitter notre beau pays, ma famille et tous mes amis ? murmura-t-il en prenant un air misérable.

« Quel horrible comédien ! » pensa Alvina qui n'était pas dupe.

— Sans doute ne croyez-vous pas un mot de ce que je vous dis. C'est pourtant la pure vérité ! Il m'a ordonné de partir à l'étranger, sans quoi il me fera emprisonner à vie dans une prison sordide... Il a même juré de ne jamais lever le petit doigt pour moi !

— Tout ceci n'est que mensonge ! s'écria Alvina qui ne comprenait pas où son cousin voulait en venir.

— Si vous ne me croyez pas, demandez-lui de vous expliquer lorsqu'il reviendra ! Mais, en attendant, il faut que vous sachiez une chose... Tôt ou tard, j'aurai ma revanche ! Et ce sera sans appel !

— Que voulez-vous dire ? demanda la jeune fille effrayée par le ton de haine implacable de son interlocuteur.

Jason vida sa coupe et se leva tranquillement pour aller se resservir. Reprenant sa place dans le fauteuil, il ajouta :

— Tout au long de l'histoire, les Harling ont survécu aux terribles vengeances des rois ! Mais

Ivar, lui, ne survivra pas à ma malédiction. Je veux qu'aucune souffrance ne lui soit épargnée !

Alvina ne put retenir un cri. Cette fois, il avait dépassé les bornes !

— Comment pouvez-vous dire des choses pareilles ? Vous êtes le diable en personne !

— Si je veux vraiment sa mort, alors le pauvre garçon n'a pas beaucoup de chances de s'en sortir ! dit l'autre sur un ton mystérieux tout en vidant sa coupe. Allez, je trinque aux beaux jours à venir. J'espère bientôt porter un toast à... la santé du duc, si l'on peut dire, conclut-il dans un ricanement cynique avant de se lever et de sortir.

Immobile au milieu de la pièce, Alvina n'osait appeler. « Il est peut-être devenu fou ? » se dit-elle afin de se rassurer. Dans ce cas, ses propos incohérents étaient sans importance.

En s'approchant de la fenêtre, elle aperçut au loin la voiture de Jason qui disparaissait. Et avec un frisson d'horreur, elle crut distinguer sa silhouette qui se découpait dans cet attelage infernal. Les chevaux en plein galop déplaçaient d'énormes nuages de poussière.

« Le diable s'enfuit sur son épouvantable chariot de feu ! » murmura Alvina pour elle-même.

Tant de haine à l'égard de son cousin Ivar l'avait bouleversée. Quelle catastrophe cette funeste visite présageait-elle ?

Alvina avait passé une autre robe et elle retrouvait son insouciance. Elle s'appliquait à disposer des fleurs coupées dans un grand vase. Le salon peu à peu retrouvait sa gaieté d'antan et le doux parfum des fleurs lui redonnait le charme et la vie du passé.

Elle était penchée pour arranger le joli bouquet lorsque tout à coup elle entendit toussoter derrière elle. Elle se retourna alors brusquement et vit le duc qui était en train de l'observer en souriant.

Sans plus attendre elle s'élança vers lui, les bras grands ouverts.

— Cousin Ivar ! Vous voilà enfin ! C'est merveilleux !

— Je suis désolé, chère Alvina, pour ce retard, mais j'avais d'importantes choses à régler à Londres.

— Je sais tout cela, mon cousin. Depuis votre départ, il y a eu des changements au château... J'ai hâte de vous faire découvrir tous ces... et puis, les chevaux sont arrivés !

Elle parlait comme une petite fille impatiente.

— Comment les avez-vous trouvés ? demanda le duc.

— Ils sont superbes !

— Tant mieux, parce que demain arriveront d'autres surprises !

A l'annonce de cette bonne nouvelle, Alvina battit des mains. Sa joie était si grande qu'elle se mit à parler d'une seule traite :

— Si vous saviez comme nous avons travaillé pour retaper les écuries ! Et la salle de bal... il faudra voir la salle de bal ! J'ai également fait venir des charpentiers...

« Cette petite est charmante », se disait le duc en la regardant virevolter à travers le salon.

— Désirez-vous boire quelque chose, cher cousin ? demanda Alvina qui avait remarqué les traits tirés et fatigués d'Ivar.

La jeune fille sonna le maître d'hôtel qui, bientôt, leur apporta des rafraîchissements. Dans la tranquillité de cet instant délicieux, rien ne pouvait laisser supposer qu'un être aussi vil que Jason se trouvait là quelques heures plus tôt. A cette idée, Alvina fut traversée d'un frisson. Mais, afin de ne pas jouer les trouble-fête, elle décida de ne rien dire encore à Ivar.

Cette entrevue avec son sinistre cousin lui avait laissé une impression si désagréable qu'elle préféra s'efforcer de l'oublier.

Alors qu'Ivar détaillait avec un sourire satisfait la toilette de sa cousine, celle-ci, tout intimidée, déclara :

— Je voulais vous remercier... pour les robes ! Elles sont si élégantes que j'ose à peine les porter !

— Il le faudra pourtant bien, dit le duc avec un sourire.

— Vous avez fait des folies ! s'exclama la jeune fille en tournoyant une nouvelle fois.

Sa robe de mousseline se soulevait légèrement, faisant apparaître ses fines chevilles. « Quelle grâce ! » pensait son cousin.

— Je me sens si jolie dans une robe comme celle-ci !

— Vous êtes ravissante, se contenta de dire Ivar, quelque peu troublé par la féminité de cette toute jeune femme si attachante.

Emportée par sa joie enfantine, Alvina ne releva pas le compliment. Elle ajouta, en toute naïveté :

— Vous verrez, les autres robes me vont encore mieux ! Vous avez vraiment fait preuve d'un goût exquis. Mais comment saviez-vous ce qui me ferait plaisir ?

Le duc parut un peu gêné et déclara :

— A vrai dire, je n'y suis pas pour grand-chose. J'ai, pour tout vous avouer, chargé l'une des femmes les plus étonnantes de la haute société d'accomplir à ma place ce choix délicat.

Il parlait sur un ton naturel, ignorant à quel point ses propos mettaient sa jeune cousine mal à l'aise.

— Cette personne m'a d'ailleurs promis de vous prendre sous son aile dès votre arrivée à Londres...

— De quelle femme s'agit-il ? demanda timidement Alvina.

— Il s'agit de la comtesse de Jersey. Elle est très connue. Je pense qu'elle sera pour vous le chaperon idéal, ma chère. Elle a tant de relations ! Elle seule peut vous introduire dans la haute société.

Il y eut un long silence, puis la jeune fille dit doucement :

— Je croyais que la comtesse fréquentait autrefois le prince régent...

A ces mots, le duc fronça les sourcils. Comment sa cousine pouvait-elle connaître de tels détails sur la vie sentimentale de la comtesse ? Certes, cette dernière avait eu de nombreuses liaisons. Néanmoins tout cela était de l'histoire ancienne, il n'y avait pas de raison de craindre pour la réputation de la jeune fille qui allait bientôt lui être confiée. Mais finalement, la vie en ville ne serait-elle pas trop dure, et surtout trop immorale pour une jeune personne telle qu'Alvina ? Saurait-elle s'adapter à ce milieu brillant et maniéré auquel Ivar la destinait ? Quelle serait sa réaction face à toutes ces mondaines qui ne manqueraient pas de la jauger, de la juger, peut-être de la jalouser ? Enfin, comment passer de la vie calme et simple de la campagne à la vie trépidante de la capitale ? Un instant, le duc imagina Alvina parmi les femmes expérimentées de sa connaissance et cette image lui fit peur.

Préoccupé par ces pensées, il ne put soutenir le regard innocent qui maintenant l'implorait. Il se dirigea donc vers la grande fenêtre et fit mine d'admirer le parc.

« Et si cette vie superficielle de Londres au contraire lui plaisait ? » se dit soudain le duc pour se rassurer. Seulement voilà, il était à craindre, alors, qu'elle ne perde sa fraîcheur et sa spontanéité pour devenir coquette et capricieuse, comme la plupart des femmes qu'il connaissait !

Trop habitué à fréquenter des femmes mariées sans scrupules, pour lesquelles la fidélité était une notion démodée, il n'avait jamais imaginé que sa cousine pût être différente.

Elle était pourtant tout le contraire des mondaines qu'il évoquait : timide, inexpérimentée, pure et si douce. De plus, il était sûr qu'elle serait choquée par toutes ces liaisons scandaleuses, souvent motivées par des intérêts financiers ou politiques.

Ces questions tournaient dans sa tête et il ne savait trop quoi en penser. Il essaya alors d'oublier momentanément ce souci. Afin de rassurer sa cousine, il dit calmement :

— Alvina, si j'ai choisi de vous confier à la comtesse, c'est parce que je suis persuadé qu'il n'y a pas mieux pour votre éducation de jeune fille.

— Cousin Ivar, croyez bien que je me doute de vos bons sentiments à mon égard, mais je crains de ne jamais pouvoir me résigner à partir d'ici. Je me moque de devenir un jour l'une de ces élégantes que le Tout-Londres admire !

Puis elle ajouta avec plus de véhémence :

— Je vous en supplie, cher cousin, gardez-moi à vos côtés !

Le duc, fort embarrassé, ne put que répondre, sans grande conviction cependant :

— Je pensais qu'il aurait été enrichissant pour vous de connaître la vie de la capitale !

— Je comprends bien votre dessein. Vous devez penser que je suis trop naïve pour mon âge ! Seulement je crois que seule une femme comme ma pauvre maman aurait pu me donner l'éducation d'une jeune fille accomplie ! Elle seule aurait su guider mes pas et faire de moi une femme exemplaire.

Elle avait parlé sur un ton pathétique, avec des sanglots dans la voix.

Le duc était très embarrassé : une conversation qu'il avait eue quelques jours plus tôt avec la comtesse de Jersey lui revint à l'esprit. Celle-ci s'était très vite montrée familière, prête à jouer les entremetteuses.

Alvina aurait-elle supporté ce genre de comportement ? De même, qu'aurait-elle pensé de tous ces regards langoureux ou provocants dont il était l'objet ? Aurait-elle pu côtoyer une Isobel et toutes ces mangeuses d'hommes qui fréquentaient les bals de la haute société ?

Jusque-là, il s'était persuadé que les femmes étaient toutes plus frivoles les unes que les autres. Aujourd'hui, face au peu d'enthousiasme manifesté par sa cousine, il voyait combien il s'était trompé.

Alvina était vulnérable et avait besoin d'être protégée. Elle ne connaissait rien de la vie, elle avait la fraîcheur et la délicatesse d'une rose à peine éclose. Comment avait-il pu songer à la mêler aux intrigues et aux turpitudes d'un univers sans pitié ? Alors qu'au contraire, il aurait dû tout faire pour préserver son innocence !

Honteux de ne pas s'en être aperçu plus tôt, et d'avoir perdu tout ce temps, il poursuivit :

— Je pensais sincèrement qu'en vous envoyant à Londres, je vous offrais une vie plus gaie. Je ne voulais que votre bonheur.

— Je sais, mon cher cousin, que vous agissiez avec les meilleures intentions du monde. Mais je sais aussi que, tout au fond de moi, quelque chose me retient dans ce château. Un lien étrange, indicible, que rien ne pourra jamais remplacer. Essayez de comprendre : ma place est ici.

La voix de la jeune fille tremblait légèrement, comme elle se voulait plus persuasive. Sans doute valait-il mieux remettre à plus tard cette douloureuse conversation. Aussi le duc préféra-t-il parler de tout autre chose.

— Et si vous m'accompagniez afin de me montrer les changements survenus depuis mon départ ? J'ai hâte de voir la salle de bal !

Alvina bondit sur ses pieds et, prenant Ivar par la main, l'entraîna vers le couloir.

— Vous n'allez pas en croire vos yeux ! s'écria-t-elle joyeusement.

Et tous deux s'en furent, main dans la main, heureux comme des enfants. Auprès de sa cousine, le duc avait l'impression de rajeunir. En même temps, il était désormais beaucoup plus conscient de ses responsabilités à son égard. Il fallait songer à son avenir, certes, mais il était hors de question de la livrer en pâture à quelque barbon fortuné. Le duc se promit de veiller sur elle et de ne jamais la décevoir.

Ce soir-là, le dîner fut aussi succulent que varié. Cela faisait des années que les cuisinières n'avaient pas aussi bien travaillé. Il faut dire qu'elles avaient maintenant à leur disposition tous les condiments et ingrédients qui leur étaient nécessaires.

A plusieurs reprises, Alvina avait voulu changer de toilette. Cela, disait-elle, en l'honneur du retour de son cousin bien-aimé. Finalement, elle avait opté pour une tenue qui la métamorphosait en princesse de conte de fées. Il s'agissait d'une robe de mousseline blanche, ornée de volants et de fleurs dont les courtes manches ballon ainsi que le décolleté arrondi mettaient en valeur sa peau nacrée.

Jamais, auparavant, le duc n'avait remarqué le cou de cygne de sa jeune cousine. « Quel port de reine ! » se dit-il. Au cours du dîner, il découvrit une nouvelle Alvina, qui, par sa grâce et son élégance naturelles, aurait fait sensation dans les milieux les plus huppés de Londres. Il la détaillait à son insu et ne trouvait rien à lui reprocher. Par sa beauté, elle déchaînerait sans doute les passions les plus folles et la jalousie des femmes les plus en vue de la capitale, se disait-il.

Il découvrait en même temps que la charmante enfant était sensible aux choses de l'esprit. Elle était en cela un être rare. A la finesse de ses traits et à la blancheur de sa peau s'ajoutait une richesse intérieure étonnante.

Le duc restait songeur. Les sentiments qu'il éprouvait envers sa cousine étaient de plus en plus confus. Lorsqu'il fermait les yeux et pensait à elle, il revoyait le château de son enfance. Le château d'Harlington !

A l'époque, il s'imaginait en preux chevalier, et, aujourd'hui, Alvina prenait les traits de la jolie dame destinée à partager l'idéal chevaleresque qu'il portait dans son cœur.

La beauté de la jeune fille, que la lueur des candélabres rendait plus émouvante encore, n'avait décidément rien de commun avec celle des femmes que l'on remarquait pour leur corps et le charme très éphémère de leurs toilettes. Sa pureté en faisait un être unique et absolument inégalable.

« Quel temps perdu ! » se lamenta Ivar en songeant à toutes ces mondaines qu'il avait tenues dans ses bras, souvent pour quelques heures seulement, très vite lassé qu'il était par le caractère exclusivement charnel de ce genre de liaisons.

Alvina, au contraire, était l'innocence même. Par ses gestes gracieux, la douceur de sa voix, ses regards emplis d'admiration pour son cousin et ses rires enfantins, il pouvait déceler la sincérité de ses sentiments à son égard. Comme tous les êtres profondément pudiques, Alvina ne se trahissait que par de petits mots, de petits signes qui lui échappaient de temps à autre. Elle était le contraire même d'une femme provocante. Jamais de poses aguichantes, de gestes déplacés ni de manières vulgaires. Quelle pureté, quelle candeur ! constatait Ivar avec un trouble croissant.

Le temps auprès d'elle était, pour ainsi dire, entre parenthèses : ils avaient dîné en tête à tête dans la salle à manger, presque sans dire un mot ! C'est dans ce même silence complice qu'ils passèrent ensuite au salon où flottait le parfum suave des fleurs qu'Alvina avait disposées dans le grand vase qui trônait sur la cheminée.

Le duc fit un feu et Alvina s'assit pour l'observer. Soudain, elle se décida à parler :

— Ivar, il faut que je vous dise quelque chose...

— Je vous écoute.

— Il y a à peine quelques heures, notre cousin Jason était au château.

— Jason ? s'exclama le duc, incrédule.

— Il était furieux ! Je n'ai jamais vu une telle haine.

Après une courte hésitation, Ivar déclara :

— Il faut dire que je lui ai demandé de quitter le pays. A l'heure qu'il est, il devrait déjà être arrivé à Douvres.

— Si vous aviez vu son regard ! insista la jeune fille.

— J'imagine ! J'ai eu le plus grand mal à lui faire comprendre que je ne paierai ses dettes que lorsque je serai certain qu'il a bien quitté l'Angleterre.

— Il était hors de lui.

— Je lui ai pourtant promis une généreuse rente annuelle !

— Je suis bien persuadée que vous avez fait pour le mieux, mais il était tellement plein de rancœur à votre égard ! Sa visite m'a bouleversée...

— Jason vous a-t-il manqué de respect ? s'inquiéta le duc.

— Non, non ! Mais il s'est montré d'un cynisme...

— Je le reconnais bien là.

— A dire vrai, il a proféré contre vous de terribles paroles... Il a menacé de...

Alvina, tremblante, ne put achever sa phrase.

— Il a dû me menacer de mort, n'est-ce pas ? dit le duc, impassible.

Puis, comme la jeune fille acquiesçait, il se mit à rire.

— Ça ne m'étonne pas ! Mon ami Gerald m'avait prévenu, cet homme est incapable de la moindre reconnaissance !

— Il vous hait... Et j'ai très peur pour vous ! déclara la jeune fille que la voix de Jason hantait encore.

— Inutile de vous faire du souci pour moi ! Je puis vous assurer que je ne risque rien. Il est tout simplement fou !

Puis, plus sérieusement, il ajouta :

— Je n'ai tout de même pas survécu à ces années de guerre contre Napoléon pour succomber aujourd'hui à quelques maléfices de mon cousin ! Ce serait ridicule !

— Jason est aux abois et c'est en cela qu'il est redoutable.

— Jason n'est pas aux abois, pour la bonne raison que j'ai honoré toutes ses dettes et que, par ailleurs, je lui ai promis une rente à vie !

— J'ai si peur pour vous...

— Je refuse que ce cloporte gâche ainsi notre vie ! Bientôt il sera loin et nous l'oublierons complètement. Et si nous parlions de choses plus agréables ? lança-t-il à Alvina en souriant.

La jeune fille, qui n'était pas encore très rassurée, ne quittait pas son cousin des yeux et celui-ci crut alors bon de dire :

— Je vous suis très reconnaissant de vous soucier ainsi de mon sort, mais je vous assure que c'est inutile. Je préférerais que vous pensiez davantage à vous, à votre avenir.

— Je vous ai déjà fait part de mes souhaits à ce sujet. Je n'ai rien à ajouter.

Le duc aurait voulu tenter de raisonner sa cousine une fois de plus, mais il se ravisa.

— Je crois que demain sera une journée chargée, aussi je propose que nous allions nous coucher.

Puis, alors qu'il lui prenait le bras, il demanda :

— Je ne vous ai pas demandé comment se portait madame Richardson ?

— La pauvre est alitée depuis votre départ. J'ai dû engager une nouvelle femme de chambre, qui veille sur elle jour et nuit.

— Dès demain, je passerai lui faire une petite visite et nous nous mettrons en quête d'un bon médecin.

— Merci, mon cousin, vous pensez à tout.

— Et que diriez-vous, chère cousine, d'une randonnée à cheval à travers la campagne, juste avant le petit déjeuner ?

— Quelle bonne idée ! j'ai tellement hâte de vous voir monter Chevalier !

A ce nom, le duc leva les sourcils.

— Est-ce le nom de mon nouvel étalon ? demanda-t-il.

— Oui, c'est ainsi que je l'ai baptisé. J'ai pensé que ce nom était tout à fait en harmonie avec le château.

Il se mit à rire de bon cœur et s'exclama :

— Bon, très bien ! Va pour Chevalier !

Puis il ajouta, plus sérieusement :

— Je vous raconterai un jour pourquoi ce nom me comble de bonheur !

— Oh ! dites-le-moi ce soir ! supplia la jeune fille.

— Demain, demain... Il se fait tard, dit le duc qui tombait de sommeil. Avez-vous oublié les surprises que je vous ai promises pour demain ?

— Avant d'aller me coucher, je tiens à vous remercier pour les robes magnifiques que vous m'avez envoyées.

— Vous me remercierez à la prochaine livraison, lança-t-il alors joyeusement, faisant allusion à deux nouvelles robes qu'il avait choisies lui-même et qui devaient arriver le lendemain.

— Comme vous êtes généreux, mon cousin ! s'exclama Alvina.

Alors qu'il la regardait, il se demanda encore une fois si finalement un séjour à Londres ne serait pas une erreur. Il regrettait même d'en avoir parlé à la comtesse.

A ce moment-là, un domestique passa dans le hall et le duc demanda à ce que les chevaux fussent prêts le lendemain matin de très bonne heure.

La jeune fille et son cousin se dirigèrent vers l'escalier qui desservait les chambres. Arrivé à la dernière marche, Ivar se tourna vers Alvina et lui souhaita une bonne nuit :

— Promettez-moi de ne plus vous faire de soucis, ma chère cousine. Demain matin, nous reparlerons à tête reposée de toutes les questions que nous avons abordées aujourd'hui. Vous devez savoir que je suis votre cousin et votre ami et que je n'ai aucune envie de vous faire de la peine...

Puis, se penchant pour un baiser sur son front, il ajouta :

— Faites de beaux rêves, Alvina.

— Vous êtes si bon, je voudrais tant vous faire plaisir à mon tour et...

— Nous verrons cela demain, coupa le duc qui savait que sa cousine faisait allusion à son séjour éventuel à Londres. Tout ce que vous aussi avez fait pour ce château est merveilleux et je vous en remercie.

— Il me reste encore beaucoup à faire, dit modestement Alvina.

— Il *nous* reste encore beaucoup à faire, souligna Ivar avec un sourire complice.

— Bonne nuit, chuchota la jeune fille. Et... merci !

Soudain, elle se pencha, lui prit la main et l'effleura de ses lèvres avant de disparaître dans l'obscurité du corridor.

Le duc, qui ne savait comment interpréter ce baiser, resta là, immobile et perdu dans une émotion aussi intense qu'indéfinissable.

Enfin, il se décida à rejoindre sa chambre.

Ce soir-là, Alvina, allongée sur son lit, eut du mal à trouver le sommeil. Depuis le retour de son cousin, elle avait l'impression de vivre un rêve. Il avait transformé son existence triste et morne en une fête de tous les instants et elle se sentait désormais beaucoup plus forte et pleine d'une énergie nouvelle.

Elle pria Dieu pour que le duc ne reparte jamais plus. Ni à Londres, ni ailleurs. Son esprit vagabondait et elle ne put se retenir d'évoquer les innombrables femmes qu'il avait dû courtiser lors des soirées organisées en son honneur. Cette vision la rendait profondément triste.

Elle se sentait si différente de ces créatures sophistiquées. Combien d'entre elles avait-il prises dans ses bras pour échanger un baiser ?

Jamais un homme ne l'avait embrassée. Elle ferma les yeux et imagina les lèvres d'Ivar sur les siennes. Douceur infinie, tourbillon de sensations inconnues et exquises... Elle rougit en songeant qu'elle-même avait baisé la main du duc. Mais c'était pour le remercier de tout ce qu'il avait déjà fait pour elle. Grâce à lui, les domestiques avaient retrouvé leur joie de vivre, les fermiers étaient satisfaits des travaux entrepris dans leur ferme et le château reprenait vie.

Cet homme était pour elle comme un dieu. Tout ce qu'il touchait, tout ce qu'il regardait, tout, absolument tout se transformait aussitôt pour prendre une valeur inestimable.

« Quel homme exceptionnel ! » se disait Alvina au fond de son lit. Mais alors qu'elle pensait à son cousin, elle crut entendre la voix de Jason proférant d'horribles menaces dans le silence des ténèbres. Elle frissonna. « Et s'il tenait ses promesses ? » se demanda-t-elle, affolée.

Elle revoyait avec précision son regard cruel et son rictus haineux ; cette image resterait à jamais gravée dans sa mémoire. Aurait-elle le courage demain de retourner dans la grande bibliothèque ?

Alvina savait que Jason était prêt à tout. Elle était convaincue que, pour lui ravir le titre de duc et l'héritage, il était capable de tuer son cousin Ivar. Seule lui importait la fortune considérable qui était en jeu ; les fonctions liées à un tel titre ne l'intéressaient évidemment pas. Il ne s'embarrasserait ni de responsabilités ni de soucis ! Tout l'argent serait dépensé sans compter, au cours d'une vie de débauche, en la compagnie d'hommes peu recommandables. Cette idée était insupportable ! Paresseux, noceur et égoïste, Jason n'avait jamais eu aucune ambition dans la vie.

Blottie au fond de son lit, Alvina avait envie de crier. Cet homme était épouvantable, il n'avait aucun scrupule, et de plus il était diabolique !

Elle allait prier Dieu de protéger son cousin Ivar, lorsqu'une pensée traversa son esprit et la fit trembler de tous ses membres.

Elle s'était demandé, en apercevant Jason dans le couloir, pourquoi les domestiques ne l'avaient pas avertie de sa visite. Peut-être, au fond, n'en avaient-ils rien su eux-mêmes... ce qui laissait supposer que Jason était entré subrepticement par quelque passage secret.

— La trappe de la vieille tour ! s'écria la jeune fille dans la nuit.

Des scènes du passé revinrent en foule à sa mémoire. Elle se remémora le temps où Richard et Ivar aimaient à grimper sur cette vieille tour du château qu'ils trouvaient si mystérieuse. Chacun des garçons escaladait l'un des flancs de la tour, et c'était à celui qui en atteindrait le sommet le premier. Avec ses grosses pierres irrégulières, la tour médiévale était un endroit privilégié pour leurs jeux. Le gagnant avait l'habitude de pousser un cri de triomphe que l'écho répercutait à travers les bois environnants. Puis il passait par la trappe minuscule qui permettait d'entrer à l'intérieur du château.

Les deux cousins avaient l'habitude de parier des bonbons ou des billes, mais leurs jeux, leurs rires et leurs cris de joie étaient parfois interrompus par des querelles passagères.

Jason restait le plus souvent à l'écart, n'appréciant pas de se joindre à ses deux cousins et pré-férant observer en silence.

Maintenant, cela ne faisait plus de doute pour Alvina : l'individu s'était faufilé par la trappe. « Mais à quelle fin ? » se demandait la jeune fille terrorisée.

Tout à coup, son corps se glaça. Et si Jason était effectivement un assassin ?

7

Dans l'obscurité, Alvina tenta de se frayer silencieusement un passage entre les meubles de sa chambre. Elle accéda à la porte sans trop de peine, l'ouvrit avec beaucoup de soin et se précipita sans plus tarder dans le corridor.

Il lui fallait maintenant atteindre la suite du duc qui était située dans l'aile opposée du château.

Elle avançait, haletante d'angoisse, sans oser se retourner. De temps en temps, elle s'arrêtait, le cœur battant, le dos collé au mur épais du couloir. Un silence de plomb s'était abattu sur la vieille demeure.

Arrivée à proximité des appartements du duc, elle s'immobilisa. Et si Jason avait déjà mis ses menaces à exécution !

Mais non, ce n'était pas possible. Son imagination lui jouait des tours et elle se dit que, décidément, elle était bien trop peureuse. Ses craintes étaient le fruit du silence et de la nuit. Reprenant courage, elle avança alors à tâtons jusqu'à la porte de la chambre à coucher qu'elle ouvrit tout doucement. Elle constata alors avec surprise que les rideaux étaient restés ouverts sur le magnifique clair de lune qui illuminait le ciel.

La pièce entière baignait dans une lumière bleutée, tout à fait irréelle et magique.

Elle crut tout d'abord que le lit à baldaquin était vide et ce fut comme si elle recevait un coup de poignard dans la poitrine. A ce moment précis, elle comprit à quel point le duc lui était cher et combien elle avait besoin de lui.

Ses yeux bleus se remplirent de larmes, elle voulut crier, hurler, quand brusquement elle entendit :

— Alvina, est-ce vous ? Que se passe-t-il ?

Le duc lui-même s'était couché avec une pensée pour sa cousine. Il craignait que l'idée de partir pour Londres ne l'eût angoissée outre mesure. Mais las de sa longue journée, il avait fini par s'endormir sans trop de mal.

Assis au milieu du lit, il crut distinguer la fine silhouette de la jeune fille, toute vêtue de clair. N'était-ce pas plutôt un fantôme, une apparition ? Ne lui avait-on pas dit, lorsqu'il était enfant, que le château d'Harlington était hanté par d'étranges présences ?

Chassant les brumes du sommeil, il appela de nouveau :

— Alvina, est-ce vous ?

Cette fois, la jeune fille quitta le recoin où elle s'était blottie, pour rejoindre son cousin.

— Que se passe-t-il ?

Tremblante, celle-ci ne put que bégayer :

— Jason... Jason...

— Voyons, Alvina, que vous arrive-t-il ? Où est Jason ?

— Il va vous tuer ! Jason va venir vous tuer, Ivar !

Bouleversé par de telles déclarations, le jeune

homme resta sans voix. Alvina le regardait maintenant de ses grands yeux apeurés. Elle voulut parler et murmura faiblement dans un sanglot :

— Jason est entré au château en cachette des domestiques... je ne l'ai compris que plus tard... Il a dû passer par la trappe... il va revenir, il va revenir !

— Mais, de quelle trappe parlez-vous ? Je ne comprends pas grand-chose à votre récit...

— Souvenez-vous, cousin Ivar, de la tour sur laquelle vous grimpiez, quand vous étiez petit... Souvenez-vous, la trappe secrète...

Le duc revit alors les jeux de son enfance, avec Richard.

— Et vous croyez vraiment que Jason va emprunter cette trappe pour venir me poignarder dans mon sommeil ?

— C'est certainement comme cela qu'il procédera tôt ou tard ! Je vous en prie, cousin Ivar, levez-vous !

Alvina était affolée et dans sa tête résonnait une voix acerbe qui ne cessait de crier : « A la santé du duc ! »

Elle supplia une dernière fois Ivar de sortir de son lit.

— Levez-vous vite ! Habillez-vous ! J'ai eu si peur d'arriver trop tard !

— Attendez-moi dans le corridor. Je ne serai pas long, dit le duc, afin de rassurer sa cousine.

Celle-ci, alors, sortit à tâtons.

La porte, demeurée entrouverte, laissait passer un léger courant d'air qui fit frissonner la jeune fille. Dans sa précipitation, elle avait seulement pensé à jeter un châle sur sa longue chemise de nuit, oubliant d'enfiler ses mules. Ses pieds nus étaient maintenant glacés.

Avant de se mettre au lit, Alvina avait éprouvé le besoin étrange de se vêtir d'une chemise de nuit qui avait autrefois appartenu à sa mère. En soie blanche, brodée et ornée de volants de dentelle au cou et aux poignets, elle était ravissante et avait pour la jeune fille une grande valeur sentimentale. En la passant, Alvina avait eu comme un pressentiment : quelque chose d'extraordinaire allait sûrement arriver cette nuit même...

Maintenant qu'elle attendait dans le couloir, sa tenue, par la finesse du tissu, lui sembla indécente et elle en éprouva une grande gêne. Elle tira sur le châle de laine afin de s'en envelopper. Comme elle regrettait de n'être pas plus couverte !

Puis très vite elle se raisonna : « Comment puis-je penser à des choses aussi futiles, alors que le duc est en danger de mort ? »

Alvina maintenant n'avait qu'une hâte : verrouiller au plus vite la porte de la trappe. Elle se souvenait en effet que, dans le passé, sa mère avait fait poser d'énormes verrous afin de dissuader les enfants de grimper sur la tour.

Brusquement, n'y tenant plus, elle s'écria :

— Dépêchez-vous, cousin Ivar !

La jeune fille se mit alors à trembler. Et si Jason était déjà en train d'escalader la tour ?

— Vite ! vite ! supplia-t-elle encore une fois.

Quelques secondes s'écoulèrent puis elle entendit enfin :

— Me voilà...

La silhouette du duc apparut sur le seuil et Alvina le trouva plus séduisant que jamais. Il resta ainsi un instant immobile, comme perdu dans ses pensées, face à sa cousine.

— Tout cela me paraît invraisemblable et je suis certain que votre imagination vous a joué un tour, mais je suis prêt à aller fermer cette trappe, déclara le duc tendrement.

La jeune fille le regardait les yeux écarquillés par la frayeur, certaine que l'intrusion de Jason était imminente :

— Vite, il n'y a plus une minute à perdre ! supplia-t-elle.

Ensemble, ils se précipitèrent vers la tour médiévale.

Troublée par l'assurance de son cousin, Alvina se demandait si, finalement, elle ne l'avait pas dérangé inutilement dans son sommeil. Ce pressentiment qui lui était dicté par les profondeurs de son être allait-il ou non se vérifier ?

Peu à peu ils se rapprochaient du but. Ce silence autour d'eux avait quelque chose de maléfique...

Soudain, après qu'ils se furent faufilés prudemment l'un derrière l'autre, ils virent que la porte qui menait à l'escalier de la tour était ouverte ! Ivar prit alors sa jeune cousine par la main et ils montèrent côte à côte les marches irrégulières de l'escalier en colimaçon.

Ils étaient au cœur de la vieille tour et l'humidité qui les enveloppait dégageait une odeur de moisissure.

Le duc voulut passer le premier. Il lâcha la main glacée de la jeune fille terrorisée et s'avança sur la pointe des pieds.

Il fallait faire vite et fermer les verrous de la trappe tout en haut de la tour !

Alvina, s'agrippant tant bien que mal aux parois du mur, tentait de suivre son cousin, plus rapide qu'elle. Les pas des jeunes gens résonnaient sur les vieilles pierres.

Brusquement, le duc s'immobilisa : la trappe était fermée !

Il se retourna alors vers sa compagne grelottante et lui dit sur un ton mal assuré :

— Ne vous avais-je pas dit, ma cousine, que vous vous tracassiez inutilement ?

Il voulut esquisser un sourire mais un sentiment confus l'envahissait peu à peu, une sorte de malaise ou plutôt une appréhension...

Tout à coup, brisant le silence, Alvina, la tête levée en direction de la trappe, s'écria d'une voix blanche :

— Mais elle n'est pas verrouillée !

Sans hésiter, le duc se cramponna au mur humide, rabattit la trappe, se hissa agilement vers l'ouverture et se retrouva à plat ventre sur le toit du château. Il se releva et tendit le bras à sa cousine afin de l'attirer à ses côtés.

Celle-ci, une fois à l'extérieur, vint se blottir tout contre la poitrine de son cousin. Ils restèrent ainsi figés quelques instants sous la lumière blafarde de la lune.

Cela faisait des années que le duc n'était plus monté sur le toit du château d'Harlington. Il se souvenait que, de cette hauteur, la vue était très belle en plein jour. Au premier plan s'étalaient des bois, des arbrisseaux touffus et un lac magnifique qui donnait au paysage beaucoup de poésie. Plus loin s'étendait à perte de vue une longue vallée qui avait toujours fait rêver les enfants du château. Ivar aimait profondément cet endroit et le fait d'être ainsi immobile, serré contre sa jeune cousine Alvina, le lui rendait encore plus cher.

Ils étaient tendrement enlacés lorsque tout à coup, à quelques mètres d'eux, surgit une tête qui paraissait les épier.

— Jason! s'écria Alvina.

Ivar, prestement, se plaça devant la jeune fille afin de la protéger.

En les apercevant, Jason eut un rictus qui voulait ressembler à un sourire. Il venait d'escalader la vieille tour, comme Ivar et Richard aimaient à le faire dans leur jeunesse, et, agrippé au parapet, tentait de se hisser sur le toit.

— Quelle coïncidence! A croire que nous nous sommes donné rendez-vous! Je parie que c'est Alvina qui a tout combiné! s'exclama-t-il d'un ton sarcastique.

— Que voulez-vous, Jason? demanda le duc, excédé par une telle désinvolture. Vous devriez déjà être à Douvres, il me semble!

— Je serai à Douvres demain matin, reprit l'autre. Sur ce point, vous n'avez aucun souci à vous faire. C'est là-bas, d'ailleurs, que j'apprendrai la terrible nouvelle...

— Que voulez-vous dire?

L'homme poursuivit calmement:

— Mais voyons, quelle nouvelle pourrait être plus affligeante que celle de la mort de mon cher cousin... le duc d'Harlington?

De nouveau, son ricanement déchira la nuit et Alvina étouffa un petit cri de désespoir.

— Vous êtes devenu fou! s'exclama le duc.

— Sans doute, oui! C'est bien possible au fond..., dit l'autre sur le ton de la provocation.

L'ignoble personnage lançait au duc un regard effronté, et sa bouche pincée n'exprimait plus qu'une rage profonde, une haine que rien n'aurait pu atténuer.

Les deux hommes, face à face, se fixèrent ainsi quelques secondes. Puis, d'un geste brusque, Jason brandit un poignard dont la lame se mit à briller dans la nuit.

— Non ! Non ! s'écria Alvina tout en cachant son visage dans ses mains.

Ce diabolique cousin avait prédit pour Ivar une mort dans de terribles souffrances ! Ainsi donc, le moment était arrivé...

Elle avait envie de hurler, d'appeler à l'aide, mais réussit à se contrôler. Mieux valait, en effet, garder une apparence de calme afin de ne pas énerver davantage Jason. « Quelle folie de n'avoir pas pensé à prendre une arme ! » se reprocha-t-elle.

Le duc, qui jusque-là avait soutenu sans sourciller le regard de son cousin, finit par dire sur le ton du plus profond mépris :

— Avez-vous réfléchi, Jason, aux conséquences inévitables d'un tel crime ?

L'autre, faisant mine de ne pas avoir entendu, poursuivit calmement :

— Pourquoi être monté jusque sur ce toit alors que vous auriez pu mourir tout bonnement dans votre lit ? Pourquoi, surtout, avoir emmené une enfant si douce et si peu préparée aux dures réalités de la vie dans un endroit aussi dangereux ?

Il eut alors un coup d'œil terrible pour Alvina qui, effrayée, recula.

— C'est vrai... j'avais oublié que les criminels n'aiment pas beaucoup les témoins ! répliqua froidement le duc.

— Mais, mon cher Ivar, il n'y aura ni crime ni témoin ! Pauvre Alvina ! Une chute est vite arrivée, vous savez... Quant à vous, nul ne s'étonnera que vous ayez tenté de sauver votre malheureuse cousine ! Hélas ! Vous aurez trébuché et vous serez empalé sur votre poignard... sur lequel on ne trouvera que *vos* empreintes, bien entendu !

Il fallait tenter à tout prix de déstabiliser Jason afin qu'il lâche son arme, toujours pointée en direction du duc. Mais l'opération s'annonçait délicate. Les deux hommes se faisaient face sous le vaste ciel étoilé et la jeune fille, en retrait derrière le duc, ouvrait des yeux immenses.

Soudain, sans raison, le rire aigu de Jason perça l'épais silence de la nuit. Cet homme dont le comportement hystérique était imprévisible représentait pour cette raison même un réel danger. Le bras en l'air, prêt à frapper, il ne cessait de sauter nerveusement d'un pied sur l'autre, totalement excité par cette situation dont il était le maître. Le duc fit un pas en avant ; Jason s'élança alors sur le petit muret qui bordait le toit, dominant ainsi les jeunes gens. Il était en bras de chemise et Alvina fut frappée par son cou de taureau, son torse puissant. Il paraissait beaucoup plus fort que lorsqu'il portait sa redingote de dandy. C'était un adversaire redoutable et elle eut peur pour le duc.

— Allez, Jason, un peu de courage ! s'écria Ivar. Je vous attends. Vous n'imaginez tout de même pas que je vais me laisser dépouiller de mon titre de duc sans me défendre !

A ces mots, Alvina crut défaillir.

Jason allait et venait sur le muret en ricanant de plus belle. Il était comme fasciné par sa propre ignominie.

— Crapule ! J'aurai votre peau ! s'écria-t-il

brusquement en brandissant son poignard comme une épée. Vous allez mourir dans de terribles souffrances, je peux vous le jurer...

Son rire diabolique vint résonner aux oreilles de la jeune fille. Les yeux implorant le ciel, elle supplia :

— Mon Dieu, sauvez mon cousin Ivar ! Sauvez-le, je vous en prie !

Se sentant défaillir, elle se retint à l'un des créneaux de la tour et ses doigts frôlèrent un objet dur et froid. Elle pensa tout d'abord à une grosse pierre, mais s'aperçut qu'il s'agissait en fait de la main d'une des statues ornant le rebord du toit qui s'était brisée. Au même moment, elle crut entendre la voix de Richard qui lui disait : « Courage, petite sœur, n'aie pas peur... je suis là qui te regarde. »

Enfant, elle avait partagé les jeux turbulents de son frère et s'était toujours montrée aussi intrépide que lui. Elle faisait de son mieux pour satisfaire son aîné car elle aimait qu'il soit fier d'elle. Et ce soir, elle était bien décidée à lui montrer ce dont elle était capable.

Les deux hommes, toujours face à face, étaient maintenant dans un état de tension extrême. Jason devenait de plus en plus hargneux. On eût dit un fauve. Le duc, au contraire, observait son adversaire en silence. Était-il en train de calculer la manière dont il allait s'y prendre pour sauter sur Jason, le désarmer et le faire culbuter par-dessus bord ?

Le risque était grand car, par sa position surélevée, Jason avait l'avantage.

Elle seule pouvait sauver le duc ! Elle était prête à tout pour lui sauver la vie. Mais elle devait agir vite !

Le duc, voyant que la situation s'éternisait, tenta une dernière fois de raisonner son cousin.

— Laissez donc ce poignard, Jason, et essayons de nous expliquer. Je suis prêt à augmenter la somme de votre rente...

Et tout en parlant, il s'était avancé de deux pas. Jason se rebiffa, redoublant de haine.

— Je n'ai que faire de vos belles paroles ! Je veux votre titre et je l'aurai ! Moi, Jason Harling, méprisé de tous, je serai duc d'Harlington !

Puis, comme il sautait sur le petit muret, brandissant plus haut encore le poignard à la lame luisante, il ajouta :

— Que le diable vous emporte tous autant que vous êtes !

Il fit mine alors de transpercer des corps imaginaires.

Alvina, pétrifiée d'horreur, s'immobilisa quelques secondes puis, soudain prise d'un regain de courage, se saisit de la lourde main de pierre et l'envoya de toutes ses forces en direction de Jason.

Ce dernier, touché à la tête, perdit l'équilibre, chancela et se rattrapa de justesse au rebord du muret.

Dans sa chute, il avait lâché le terrible poignard qui avait glissé derrière les jeunes gens, stupéfaits par ce retournement de situation.

Jason, dont le visage se crispait sous l'effort de ses bras trop tendus, eut le temps de proférer ce qui devait être sa dernière menace. Car, alors qu'il tentait de se redresser, ses mains dérapèrent sur la pierre humide et usée du parapet. Pendant une fraction de seconde, il essaya de s'accrocher au flanc de la tour mais son corps bascula dans le vide.

Le duc, dans un élan, se précipita sur Alvina qu'il serra tout contre sa poitrine. La malheureuse sanglotait, à la fois soulagée et choquée par la scène à laquelle ils venaient d'assister.

— Là, là, tout est fini..., disait Ivar en caressant doucement les cheveux de la jeune fille qui, à l'instant, venait de lui sauver la vie... Ma chérie, ma petite chérie, répétait-il tendrement.

La fragilité de ce corps secoué par les sanglots l'émut soudain comme jamais. Emporté par l'ardeur de son sentiment, il pencha son visage sur celui de sa jeune cousine et chercha ses lèvres pour y déposer le plus doux des baisers...

Depuis combien de temps les jeunes gens rêvaient-ils de ce délicieux baiser ? Dans le vaste ciel constellé d'étoiles, la lune semblait maintenant sourire à la tendre union des deux amants.

Alvina, dont la peur s'était évanouie comme par magie, eut le sentiment d'être au paradis. Comme il faisait bon au creux des bras de son cousin ! A la fois fougueux et délicat, Ivar incarnait l'homme idéal, longtemps désiré en secret.

Depuis toujours, en effet, la jeune fille rêvait de trouver l'âme sœur. Elle s'était imaginé un homme qui, bien que débordant de désir pour elle, jamais ne lui manquerait de respect. Un tel bonheur existait-il sur la terre ?

Aujourd'hui, il était là, et bien vivant ! « Merci mon Dieu ! » pensa-t-elle tout bas.

Au même moment, le duc, ivre d'amour pour sa cousine, remerciait le ciel à son tour. « Pourvu que ce bonheur dure toujours ! » se dit-il.

Alvina était la perfection incarnée. Tout chez elle respirait la douceur, la tendresse et la pureté. Alors qu'il caressait ses doux cheveux blonds, ses rêves d'enfant lui revinrent à l'esprit. En ce temps-là, l'imposante silhouette du château d'Harlington le fascinait. Combien de fois s'était-il imaginé qu'un jour viendrait où ce château serait le sien ! N'avait-il pas, de même, rêvé d'épouser la belle châtelaine aux cheveux d'or ?

Cette nuit, les songes semblaient devenir réalité...

Soudain la châtelaine prenait les traits de sa douce cousine. Par ses qualités tout à fait exceptionnelles, celle-ci incarnait parfaitement l'idéal chevaleresque que, au fond de lui, Ivar avait poursuivi depuis sa plus tendre jeunesse !

Comblé de bonheur, il resserra son étreinte et lui murmura à l'oreille :

— Alvina, ma chérie, je vous aime !

— Je vous aime aussi, Ivar, dit-elle dans un souffle.

— Vous m'avez sauvé la vie, ma princesse adorée. Et... je veux que vous sachiez que désormais cette vie est la vôtre, aussi longtemps que vous le voudrez !

Il avait prononcé ces merveilleuses paroles d'une voix grave, ému à l'idée que la frêle Alvina serait bientôt sa femme.

— Mon cœur ne bat que pour vous, mon amour de toujours ! Et si cette nuit la mort vous avait emporté, elle m'aurait emportée moi aussi. Mais Dieu a préféré nous laisser la vie... notre vie ?

— Oui, mon amour, désormais commence notre vie à tous deux !

— Vous êtes l'homme le plus merveilleux que j'aie jamais imaginé ! Et ce soir, sous ce ciel magnifique, je suis la femme la plus heureuse de la terre !

— Venez, chérie, ne restons pas là, vous allez prendre froid, dit tendrement le duc.

Il voulut l'entraîner à l'intérieur du château, mais la jeune femme lui résistait doucement.

Les yeux mi-clos, elle déclara :

— Jamais je n'oublierai cette nuit où pour la première fois vous m'avez dit votre amour.

Le duc soudain se pencha et à nouveau leurs lèvres se rencontrèrent en un tendre baiser.

Ne comptaient plus alors pour les jeunes amants que leur étreinte et la chaleur de leurs corps étroitement enlacés. Autour d'eux, le monde s'évanouissait soudain.

Quelques minutes passèrent et, revenant à la réalité, le duc proposa à sa bien-aimée d'aller l'attendre à l'intérieur, pendant qu'il allait chercher le poignard. Ce dernier, fort compromettant, devait disparaître au plus vite.

Alvina, arrivée à la trappe, s'aperçut avec gêne que son châle était tombé de ses épaules.

Elle retourna précipitamment sur ses pas, prenant soin de cacher, de ses deux bras croisés, sa poitrine menue. Mais déjà le duc venait à sa rencontre, tenant le châle de laine contre son cœur.

— J'aime votre parfum... je vous aime, murmura-t-il, la tête enfouie dans les cheveux de la jeune femme, alors qu'il lui couvrait les épaules.

Puis, comme elle se retournait pour le regarder dans un sourire, il ajouta :

— Cette chemise de nuit vous va à ravir, ma chérie.

Il ne put alors résister au désir soudain de

couvrir de baisers la gorge qui s'offrait à lui en toute innocence.

Ce faisant, il s'enhardit, prenant Alvina dans ses bras pour la faire tournoyer sous la lune complice. Sous les baisers ardents de son cousin, la jeune fille s'abandonna, émerveillée. Ivar découvrait pour sa bien-aimée des gestes d'une douceur infinie qu'aucune femme n'avait encore obtenus de lui. Enfin il comprenait ce qu'était l'amour.

— Je vous aime, murmura-t-il à son oreille.

— Je suis à vous pour la vie, répondit Alvina, radieuse sous la lune pâle.

Et les amants se séparèrent à contrecœur.

La jeune fille se dirigea vers la trappe pendant que le duc ramassait le poignard de Jason et le lançait de toutes ses forces vers des arbres touffus.

Ce geste mettait fin au cauchemar de la nuit et de tous ces jours qui avaient précédé. Désormais, l'avenir d'Alvina était entre ses mains ; il prendrait soin d'elle et la rendrait heureuse, aussi longtemps que Dieu lui prêterait vie, se jura-t-il gravement.

Avant de se glisser à son tour par la trappe, il lança un bref coup d'œil au pied de la tour afin de s'assurer une dernière fois de la mort de Jason.

Ce dernier gisait, les bras en croix, face contre terre, au milieu des arbustes épineux.

Maintenant, il allait falloir trouver une explication plausible. Le duc pourrait toujours dire que son cousin avait souhaité grimper une dernière fois sur la tour, comme au temps de sa tendre enfance, avant de partir pour l'étranger. Mais le pauvre garçon n'avait plus l'agilité de ses douze ans et malheureusement, il avait lâché prise.

Ivar se faufila par l'ouverture et rabattit machinalement la trappe. Jason étant mort, plus personne n'était à craindre.

« Fini les menaces diaboliques ! » se dit-il alors.

Puis il se dépêcha de rejoindre Alvina qui attendait dans le sombre corridor.

Après avoir déposé sur ses lèvres un baiser furtif, il lui prit la taille et la guida jusqu'à la suite.

La chambre du duc baignait dans une douce lumière bleutée.

Les amants restèrent de longues minutes côte à côte devant la fenêtre. Là, ils admirèrent la beauté irréelle du paysage qui s'offrait à eux.

— Que le parc est beau ce soir ! dit la jeune femme, émue.

Les feuilles des arbres luisaient sous les rayons de lune, contrastant avec la noirceur des troncs. Le lac, un peu plus loin, miroitait lui aussi et les ululements des oiseaux de nuit rendaient l'atmosphère plus surnaturelle encore.

— Nous sommes en plein conte de fées ! dit Alvina.

Doucement, elle appuya la tête sur l'épaule d'Ivar, heureuse, étourdie de bonheur. Un instant de paix s'écoula puis elle ajouta :

— C'est étrange, je crois que je n'aurais plus jamais peur de ma vie...

— Désormais, je suis à vos côtés pour toujours, ma chérie. Vous n'aurez plus de raison d'avoir peur. Jamais plus de crainte, jamais non plus de larmes, mais le bonheur !

Dans un soupir d'aise, Alvina s'exclama :

— Vous m'aimez donc à ce point ?

— Pour vous, je veux le bonheur et rien d'autre ! murmura le duc dans un sourire d'une tendresse infinie. Et, je sais, ma douce, que chaque jour je vous aimerai davantage. Ne dit-on pas d'ailleurs « aujourd'hui plus qu'hier et bien moins que demain » ?

Elle buvait ses paroles, jamais personne ne lui avait dit de si jolies choses.

— Alvina, c'est vous que j'attendais depuis toujours. Enfant, déjà, vous existiez dans mon cœur ! Certes, j'ai beaucoup voyagé depuis. Sans doute vous cherchais-je... mais maintenant je vous ai trouvée, ma bien-aimée, et je veux vous garder pour toujours ! Vous êtes à moi !

Le duc parlait avec feu, découvrant la réalité en même temps qu'il l'exprimait, et la jeune femme en fut profondément émue. Comme elle le regardait avec passion, il continua :

— Vous n'irez pas à Londres, ma chérie, je veux vous garder auprès de moi. Voyez, déjà je me sens devenir affreusement jaloux :

A ce mot, Alvina éclata de rire.

— Quelle bonne nouvelle, mon chéri, vous ne pouviez pas me faire plus plaisir !

Puis, soudain plus grave, elle s'inquiéta :

— J'espère que je saurai vous donner des instants aussi agréables que ceux que vous aviez l'habitude de passer auprès des élégantes des capitales européennes !

Le duc ne put s'empêcher alors de repenser aux terribles scènes que certaines d'entre elles lui avaient faites ! A commencer d'ailleurs par la belle Isobel. Aucune, parmi ces femmes, n'avait été capable de le retenir.

Il voulut le faire comprendre à Alvina et dit simplement :

— Un jour, vous comprendrez que je n'ai pas eu d'autre amour que vous.

— Est-ce possible ? murmura la jeune fille.

— Mon amour pour vous, je vous l'ai dit, remonte à mon enfance. J'ai toujours été fasciné par ce château et par la belle châtelaine qui se cachait derrière ses murs. Or, ce soir, je retrouve sur votre doux visage chacun de ses traits. Comprenez-vous ? Vous m'étiez destinée.

Les deux jeunes gens se sourirent tendrement et le duc ajouta :

— Le rêve est devenu réalité... et cette réalité est plus belle encore !

Le duc, depuis toujours, s'était juré de ne jamais épouser une femme qui l'aurait trahi avec d'autres hommes. Alvina n'était pas ce genre de femme. Mais il était effrayé à l'idée qu'elle puisse changer un jour.

Il crut alors bon de la menacer tendrement.

— Vous êtes mienne, ma chérie. Et si vous cessiez de m'aimer... je vous tuerais !

— Comment pouvez-vous imaginer que je puisse ainsi vous décevoir ? Certes, je n'ai pas une grande expérience de la vie, mais il est aisé de reconnaître un homme exceptionnel parmi les autres.... Vous êtes le chevalier dont toute femme rêve en secret.

Ivar fut troublé par cette remarque. Il songea aux histoires de chevalerie qui avaient bercé son enfance, à ces héros invincibles auxquels, petit garçon, il aurait tant voulu ressembler...

— Combien de fois ai-je pensé à ce chevalier, reprit Alvina. Quand j'étais seule dans ma chambre, en proie aux larmes après que papa m'eut grondée, il apparaissait et me promettait qu'un jour viendrait où je connaîtrais le vrai bonheur.

Eh bien, vous le voyez, ce jour est arrivé ! Vous m'êtes apparu dans votre belle armure et vous avez terrassé le dragon pour me sauver !

— C'est vous qui m'avez sauvé la vie, Alvina, et je ne l'oublierai jamais.

— Mais pour ça, je... j'ai dû tuer Jason. Mon Dieu ! Il n'y avait pas d'autre solution... Vous comprenez ?

— N'en parlons plus, ma chérie, et ne pensons plus qu'à notre bonheur.

Ils échangèrent alors un baiser plein de tendresse.

Alvina avait une confiance infinie en son cousin. Il serait son maître, son guide et son confident. Elle avait le sentiment que tous ses ancêtres, heureux de leur prochaine union, veillaient déjà sur eux et qu'ils leur donneraient la force suffisante pour accomplir la tâche qui les attendait.

— Dieu nous protège, mon amour ! dit-elle. Il nous aidera, je le sais.

— Nous allons être très heureux ensemble ! Et il faudra veiller à ce que tous les gens autour de nous le soient également.

— Oui, c'est notre devoir et ce sera aussi notre joie.

Le duc baisa alors tour à tour le petit front bombé, le joli nez fin et la douce gorge qui s'offraient à lui.

— A quand notre mariage, ma belle Alvina ? murmura-t-il au creux de son oreille.

— Aujourd'hui, demain, quand vous le voudrez : mon âme et mon corps vous appartiennent...

C'était la réponse qu'attendait Ivar et son visage s'illumina.

— Je serais tellement heureuse si la cérémonie se déroulait dans la petite chapelle du château, reprit Alvina.

— Bien sûr, mon amour. J'allais vous le proposer. Vous êtes née et vous avez grandi ici. C'est ici que reposent ceux que vous avez aimés, c'est ici que vivent ceux qui vous aiment...

La jeune fille, ravie, applaudit.

— Avez-vous remarqué que nous sommes toujours du même avis ? Que nous pensons aux mêmes choses au même moment ?

— Nous sommes deux êtres complémentaires qui, ensemble, ne font qu'un. C'est une chose rare et précieuse, qu'il faut préserver.

Une fois encore, Ivar posa ses lèvres sur celles d'Alvina qui ferma les yeux, de crainte que le bonheur ne lui échappât. Ils avaient traversé tant d'épreuves avant de se rencontrer !

Désormais, ils ne se sépareraient plus. La vie leur tendait les bras, l'avenir leur appartenait... et plus jamais ils ne se quitteraient.

Romans sentimentaux

La littérature sentimentale a pour auteur vedette chez J'ai lu la célèbre romancière anglaise Barbara Cartland, qui a écrit plus de 500 romans. A ses côtés, Anne et Serge Golon avec la série des Angélique, Juliette Benzoni et des écrivains anglo-saxons qui savent évoquer toute la force des sentiments (Janet Dailey, Theresa Charles, Victoria Holt...).

AMIEL Joseph	Les droits du sang 2966/8
BEARN Myriam et Gaston de	L'or de Brice Bartrès 2514/4
BENZONI Juliette	Marianne, une étoile pour Napoléon 2743/7
	Marianne et l'inconnu de Toscane 2744/5
	Marianne - Jason des quatre mers 2745/5
	Toi, Marianne 2746/5
	Marianne - Les lauriers de flammes 2747/8
BIALOT Joseph	Elisabeth ou le vent du sud 3088/5 (Oct. 91)
BRISKIN Jacqueline	Les vies mêlées 2714/6
	Le cœur à nu 2813/6
	Paloverde 2831/8
BUSBEE Shirlee	La rose d'Espagne 2732/4
	Le Lys et la Rose 2830/4
CARTLAND	Voir encadré ci-contre
CASATI MODIGNANI Sveva	Désespérément, Julia 2871/4
CHARLES Theresa	Le chirurgien de Saint-Chad 873/3
	Inez, infirmière de Saint-Chad 874/3
	Un amour à Saint-Chad 945/3
	Crise à Saint-Chad 994/2
	Pour un seul week end 1080/3
	Lune de miel à Saint-Chad 1112/2
	Les rebelles de Saint-Chad 1495/3
	Les mal-aimés de Fercombe 1146/3
	Lake qui es tu ? 1168/4
	Le château de la haine 1190/2
COOKSON Catherine	L'orpheline 1886/5
	La fille sans nom 1992/4
	L'homme qui pleurait 2048/4
	Le mariage de Tilly 2219/4
	Le destin de Tilly Trotter 2273/3
	Le long corridor 2334/3
	La passion de Christine Winter 2403/3
	L'éveil à l'amour 2587/4
	15e Rue 2846/3
	La maison des flammes 2997/5 (Sept. 91)
DAILEY Janet	La saga des Calder :
	- La dynastie Calder 1659/4
	- Le ranch Calder 2029/4
	- Prisonniers du bonheur 2101/4
	- Le dernier des Calder 2161/4
	Le cavalier de l'aurore 1701/4
	La Texane 1777/4
	Le mal-aimé 1900/4
	Les ailes d'argent 2258/4
	Pour l'honneur de Hannah Wade 2366/3
	Le triomphe de l'amour 2430/5
	Les grandes solitudes 2566/6
DALLAYRAC Dominique	Et le bonheur maman ? 1051/3
DAVENPORT Marcia	Le fleuve qui tout emporta 2775/4

CARTLAND Barbara (Sélection)

Les seigneurs de la côte 920/2
Le valet de cœur 1166/3
Seras tu lady Gardenia ? 1177/3
Printemps a Rome 1203/2
L'épouse apprivoisée 1214/2
Le cavalier masqué 1238/2
Le baiser du diable 1250/3
Le port du bonheur 1522/2
L'ingénue criminelle 1553/2
La princesse orgueilleuse 1570/2
La déesse et la danseuse 1581/2
Rhapsodie d'amour 1582/2
Rêver aux étoiles 1593/2
Sous la lune de Ceylan 1594/2
Les vibrations de l'amour 1608/2
Duchesse d'un jour 1609/2
L'enchanteresse 1627/2
La tigresse et le roi 1642/2
Un cri d'amour 1657/2
Le Lys de Brighton 1672/2
Le marquis et la gouvernante 1682/2
Un duc à vendre 1683/2
Piège pour un marquis 1699/2
Le Talisman de jade 1713/2
Le fantôme amoureux 1731/2
Où vas-tu Melinda ? 1732/2
L'amour et Lucia 1806/2
L'amour était au rendez-vous 1884/2
Le piège de l'amour 2664/2
Tempête amoureuse 2665/2
Les yeux de l'amour 2688/2
L'amour sans trêve 2689/2
Lilas blanc 2701/2
La malédiction de la sorcière 2702/2
Les saphirs du Siam 2715/2
Un mariage en Écosse 2716/2
Le jugement de l'amour 2733/2
Mon cœur est en Écosse 2734/2
Les amants de Lisbonne 2756/2
Passions victorieuses 2757/2

Pour une princesse 2776/2
Dangereuse passion 2777/2
Un rêve espagnol 2795/2
L'amour victorieux 2796/2
Douce vengeance 2811/2
Juste un rêve 2812/2
Amour, argent et fantaisie 2832/2
L'explosion de l'amour 2833/2
Le temple de l'amour 2847/2
La princesse des Balkans 2856/2
Douce enchanteresse 2857/2
L'amour est un jeu 2872/2
Le château des effrois 2873/2
Un baiser de soie 2889/2
Aime-moi pour toujours 2890/3
La course à l'amour 2903/2
Danger sur le Nil 2916/3
Une femme trop fière 2917/3
Le duc infernal 2948/4
Une folle lune de miel 2949/2
Le parfum des dieux 2960/2
Un ange passe 2972/2
L'amour est invincible 2973/2
Le drame de Gilda 3001/2
La fuite en France 3002/2
Le voleur d'amour 3017/3
Musique miraculeuse 3033/2
Rêverie nocturne 3034/2
Danger pour le duc 3047/2
Ah, l'adorable menteuse ! 3048/2
Coup de foudre à Penang 3058/2 (Août 91)
Idylle au Ritz 3068/2 (Sept. 91)
Tendre Lydia 3069/2 (Sept. 91)
Le carrousel de l'amour 3089/2 (Oct. 91)
La découverte du bonheur 3090/2 (Oct. 91)
Les ailes de l'amour 3108/4 (Nov. 91)
La sérénité d'un amour 3109/2 (Nov. 91)
Une fuite éperdue 3125/3 (Déc. 91)
Le lien magique 3126/2 (Déc. 91)

GOLON Anne et Serge

Angélique, marquise des Anges 2488/7
Angélique. le chemin de Versailles 2489/7
Angélique et le Roy 2490/7
Indomptable Angélique 2491/7
Angélique se révolte 2492/7
Angélique et son amour 2493/7
Angélique et le Nouveau Monde 2494/7

La tentation d'Angélique 2495/7
Angélique et la Démone 2496/7
Le complot des ombres 2497/5
Angélique à Québec 2498/5 & 2499/5
Angélique La route de l'espoir 2500/7
La victoire d'Angélique 2501/7

DESMAREST Marie-Anne	*Torrents* 970/3
	Jan Yvarsen 1024/2
	Jan et Thérèse 1112/**3**
	Le fils de Jan 1148/3
	Le destin des Yvarsen 1230/2
EBERT Alan	*Traditions* 2947/**8**
FORSYTHE HAILEY Elizabeth	*Le mari de Joanna et la femme de David* 2855/5
FURSTENBERG et GARDNER	*Miroir, miroir* 3016/**7**
GOLON	Voir page précédente
HEAVEN Constance	*La maison Kouraguine* 812/3
	Interroge le vent 869/3
HEIM Peter	*La clinique de la Forêt-Noire* 2752/4
HOLT Victoria	*La maison aux mille lanternes* 834/4
	La porte du rêve 899/4
	L'orgueil du paon 1063/4
	Le galop du Diable 1113/4
	La nuit de la septième lune 1160/4
	Le masque de l'enchanteresse 1643/4
	La légende de la septième vierge 1702/3
	Sables mouvants 1764/3
	Les sortilèges du tombeau égyptien 2778/3
HULL E.M.	*Le Cheik* 1135/2
	Le fils du Cheik 1216/2
IBBOTSON Eva	*Une comtesse à l'office* 1931/4
KEVERNE Gloria	*Demeure mon âme à Suseshi* 2546/6
LAKER Rosalind	*Reflets d'amour* 2129/4
	La femme de Brighton 2190/4
	Le sentier d'émeraudes 2351/5
	Splendeur dorée 2549/4
	Les neiges de Norvège 2687/4
	Le sceau d'argent 3032/5
LINDSEY Johanna	*Le vent sauvage* 2241/3
	Un si cher ennemi 2382/3
McBAIN Laurie	*Les larmes d'or* 1644/4
	Lune trouble 1673/4
	L'empreinte du désir 1716/4
	Le Dragon des mers 2569/4
	Les contrebandiers de l'ombre 2604/4
	Splendeur et décadence 2663/5
MICHAEL Judith	*Prête-moi ta vie* 1844/4 & 1845/4
MONSIGNY Jacqueline	*L'amour dingue* 1833/3
	Le palais du désert 1885/2
	Les nuits du Bengale 1375/3
MOTLEY Annette	*Le pavillon des parfums verts* 2810/8
MULLEN Dore	*Entre ciel et enfer* 1557/4
	Le lys d'or de Shanghai 2525/3
	La violence du destin 2650/4
PAETRO Maxine	*Besoin d'aimer* 3124/6 (Nov. 91)
PARETTI Sandra	*L'oiseau de paradis* 2445/4
	L'arbre du bonheur 2628/5
RASKIN Barbara	*Bouffées de jeunesse* 2888/5
ROGERS Rosemary	*Amour tendre, amour sauvage* 952/4
	Jeux d'amour 1371/4
	Au vent des passions 1668/4
	La femme impudique 2069/4
	Le métis 2392/5

J'AI LU NEW AGE

Les Nouvelles Clés du Mieux-être

3047

Impression Brodard et Taupin
à La Flèche (Sarthe) le 13 juin 1991
1503E-5 Dépôt légal juin 1991
ISBN 2-277-23047-2
Imprimé en France
Editions J'ai lu
27, rue Cassette, 75006 Paris
diffusion France et étranger : Flammarion